운수 좋은 날

● 운수 좋은 날 : 개정된 중학교 2학년 국어 교과서 게재 작품

맑은창 문학선 5

운수 좋은 날

찍은날 ┃ 2011년 9월 10일
펴낸날 ┃ 2011년 9월 20일

지은이 ┃ 현 진 건
작품해설 ┃ 이 철 송
펴낸이 ┃ 조 명 숙
펴낸곳 ┃ 도서출판 맑은창
등록번호 ┃ 제16-2083호
등록일자 ┃ 2000년 1월 17일

주소 ┃ 서울 · 금천구 가산동 771 두산 112-502
전화 ┃ (02) 851-9511
팩스 ┃ (02) 852-9511
전자우편 ┃ hannae21@korea.com

ISBN 978-89-86607-83-3 03810

값 7,000원

운수 좋은 날

현진건 지음

도서출판 맑은창

차 례

운수 좋은 날

새침하게 흐린 품이 눈이 올 듯하더니,
눈은 아니 오고 얼다가 만 비가 추적추적 내리는 날이었다.
이날이야말로 동소문 안에서 인력거꾼 노릇을 하는 김 첨지에게는
오래간만에도 닥친 운수 좋은 날이었다.
문 안에(거기도 문밖은 아니지만) 들어간답시는 앞집 마마님을
전찻길까지 모셔다 드린 것을 비롯하여
행여나 손님이 있을까 하고 정류장에서 어정어정하며……

새침하게 흐린 품이 눈이 올 듯하더니, 눈은 아니 오고 얼다가 만 비가 추적추적 내리는 날이었다.

이날이야말로 동소문 안에서 인력거꾼 노릇을 하는 김 첨지에게는 오래간만에도 닥친 운수 좋은 날이었다. 문 안에(거기도 문 밖은 아니지만) 들어간답시는 앞집 마마님을 전찻길까지 모셔다 드린 것을 비롯하여 행여나 손님이 있을까 하고 정류장에서 어정어정하며 내리는 사람 하나하나에게 거의 비는 듯한 눈결을 보내고 있다가, 마침내 교원인 듯한 양복쟁이를 동광학교(東光學校)까지 태워다 주기로 되었다.

첫번에 삼십 전, 둘째 번에 오십 전 ― 아침 댓바람에 그리 흉치 않은 일이었다. 그야말로 재수가 옴 붙어서 근 열흘 동안 돈 구경도 못한 김 첨지는 십 전짜리 백통화 서 푼, 또는 다섯 푼이

운수 좋은 날

찰깍하고 손바닥에 떨어질 제 거의 눈물을 흘릴 만큼 기뻤었다. 더구나 이날 이때에 이 팔십 전이라는 돈이 그에게 얼마나 유용한지 몰랐다. 컬컬한 목에 모주¹⁾ 한 잔도 적실 수 있거니와, 그보다도 앓는 아내에게 설렁탕 한 그릇도 사다 줄 수 있음이다.

그의 아내가 기침으로 쿨룩거리기는 벌써 달포가 넘었다. 조밥도 굶기를 먹다시피 하는 형편이니 물론 약 한 첩 써 본 일이 없다. 구태여 쓰려면 못쓸 바도 아니로되, 그는 병이란 놈에게 약을 주어 보내면 재미를 붙여서 자꾸 온다는 자기의 신조(信條)에 어디까지 충실하였다. 따라서 의사에게 보인 적이 없으니 무슨 병인지는 알 수 없으되 반듯이 누워 가지고 일어나기는커녕 새로 모로도 못 눕는 걸 보면 중증은 중증인 듯. 병이 이토록 심해지기는 열흘 전에 조밥을 먹고 체한 때문이다. 그때도 김 첨지가 오래간만에 돈을 얻어서 좁쌀 한 되와 십 전짜리 나무 한 단을 사다 주었더니 김 첨지의 말에 의지하면, 그 오라질 년이 천방지축으로 냄비에 대고 끓였다. 마음은 급하고 불길은 닿지 않아 채 익지도 않은 것을 그 오라질 년이 숟가락은 고만두고 손으로 움켜서 두 뺨에 주먹덩이 같은 혹이 불거지도록 누가 빼앗을 듯이 처박질하더니만²⁾ 그날 저녁부터 가슴이 땅긴다, 배가 켕긴다고 눈을 홉뜨고 지랄을 하였다. 그때 김 첨지는 열화와 같이 성을 내며,

"에이, 오라질년, 조랑복³⁾은 할 수가 없어, 못 먹어 병, 먹어서 병! 어쩌란 말이야. 왜 눈을 바루 뜨지 못해!"

하고 앓는 이의 뺨을 한번 후려갈겼다. 홉뜬 눈은 조금 바루어

졌건만⁴⁾ 이슬이 맺히었다. 김 첨지의 눈시울도 뜨끈뜨끈하였다.

이 환자가 그러고도 먹는 데는 물리지 않았다. 사흘 전부터 설렁탕 국물이 마시고 싶다고 남편을 졸랐다.

"이런 오라질 년! 조밥도 못 먹는 년이 설렁탕은. 또 처먹고 지랄병을 하게."

라고 야단을 쳐보았건만, 못 사주는 마음이 시원치는 않았다.

인제 설렁탕을 사 줄 수도 있다. 앓는 어미 곁에서 배고파 보채는 개똥이(세 살 먹이)에게 죽을 사줄 수도 있다. ─ 팔십 전을 손에 쥔 김 첨지의 마음은 푼푼하였다

그러나, 그의 행운은 그걸로 그치지 않았다. 땀과 빗물이 섞여 흐르는 목덜미를 기름 주머니가 다 된 왜목 수건으로 닦으며, 그 학교 문을 돌아 나올 때였다. 뒤에서 "인력거!" 하고 부르는 소리가 났다. 자기를 불러 멈춘 사람이 그 학교 학생인 줄 김 첨지는 한번 보고 짐작할 수 있었다. 그 학생은 다짜고짜로,

"남대문 정거장까지 얼마요?"

라고 물었다. 아마도 그 학교 기숙사에 있는 이로 동기 방학을 이용하여 귀향하려 함이리라. 오늘 가기로 작정은 하였건만, 비는 오고 짐은 있고 해서 어찌 할 줄 모르다가 마침 김 첨지를 보고 뛰어나왔음이리라. 그렇지 않다면 왜 구두를 채 신지 못해서 질질 끌고, 비록 '고구라⁵⁾' 양복일망정 노박이⁶⁾로 비를 맞으며 김 첨지를 뒤쫓아 나왔으랴.

"남대문 정거장까지 말씀입니까?"

하고 김 첨지는 잠깐 주저하였다. 그는 이 우중에 우장도 없이

그 먼 곳을 철벅거리고 가기가 싫었음일까? 처음 것, 둘째 것으로 그만 만족하였음일까? 아니다. 결코 아니다. 이상하게도 꼬리를 맞물고 덤비는 이 행운 앞에 조금 겁이 났음이다. 그리고 집을 나올 제 아내의 부탁이 마음에 켕기었다. — 앞집 마마한테서 부르러 왔을 제 병인은 그 뼈만 남은 얼굴에 유일의 생물 같은, 유달리 크고 움푹한 눈에 애걸하는 빛을 띠며,

"오늘은 나가지 말아요. 제발 덕분에 집에 붙어 있어요. 내가 이렇게 아픈데……."

라고 모기 소리같이 중얼거리고 숨을 거그렁거그렁하였다. 그때에 김 첨지는 대수롭지 않은 듯이,

"압다, 젠장맞을 년. 별 빌어먹을 소리를 다 하네. 맞붙들고 앉았으면 누가 먹여 살릴 줄 알아."

하고 훌쩍 뛰어나오려니까 환자는 붙잡을 듯이 팔을 내저으며,

"나가지 말라도 그래, 그러면 일찍이 들어와요."

하고 목 메인 소리가 뒤를 따랐다.

정거장까지 가잔 말을 들은 순간에 경련적으로 떠는 손, 유달리 큼직한 눈, 울 듯한 아내의 얼굴이 김 첨지의 눈앞에 어른어른하였다.

"그래, 남대문 정거장까지 얼마란 말이오?"

하고 학생은 초조한 듯이 인력거꾼의 얼굴을 바라보며 혼잣말같이,

"인천 차가 열한 점에 있고, 그 다음에는 새로 두 점이던가?"

라고 중얼거린다.

"일 원 오십 전만 줍시오."

이 말이 저도 모를 사이에 불쑥 김 첨지의 입에서 떨어졌다. 제 입으로 부르고도 스스로 그 엄청난 돈 액수에 놀랐다. 한꺼번에 이런 금액을 불러라도 본 지가 그 얼마만인가! 그러자 그 돈 벌 욕기가 병자에 대한 염려를 사르고 말았다. 설마 오늘 내로 어떠랴 싶었다. 무슨 일이 있더라도 제일 제이의 행운을 값친 것 보다도 오히려 갑절이 많은 이 행운을 놓칠 수 없다 하였다.

"일 원 오십 전은 너무 과한데."

이런 말을 하며 학생은 고개를 기웃하였다.

"아니올시다. 잇수로 치면 여기서 거기가 시오 리가 넘는답니다. 또 이런 진날은 좀 더 주셔야지요."

하고 빙글빙글 웃는 차부의 얼굴에는 숨길 수 없는 기쁨이 넘쳐흘렀다.

"그러면 달라는 대로 줄 터이니 빨리 가요."

관대한 어린 손님은 그런 말을 남기고 총총히 옷도 입고 짐도 챙기러 갈 데로 갔다.

그 학생을 태우고 나선 김 첨지의 다리는 이상하게 거뿐하였다. 달음질을 한다느니 보다 거의 나는 듯하였다. 바퀴도 어떻게 속히 도는지 구른다느니 보다 마치 얼음을 지쳐 나가는 스케이트 모양으로 미끄러져 가는 듯하였다. 언 땅에 비가 내려 미끄럽기도 하였지만.

이윽고 끄는 이의 다리는 무거워졌다. 자기 집 가까이 다다른 까닭이다. 새삼스러운 염려가 그의 가슴을 눌렀다.

"오늘은 나가지 말아요. 내가 이렇게 아픈데."

이런 말이 잉잉 그의 귀에 울렸다. 그리고 병자의 움쑥 들어간 눈이 원망하는 듯이 자기를 노리는 듯하였다. 그러자 엉엉 하고 우는 개똥이의 곡성을 들은 듯싶다. 딸국 딸국 하고 숨 모으는 소리도 나는 듯싶다…….

"왜 이러우? 기차 놓치겠구먼."

하고, 탄 이의 초조한 부르짖음이 간신히 그의 귀에 들려왔다. 언뜻 깨달으니 김 첨지는 인력거 채를 쥔 채 길 한복판에 엉거주춤 멈춰 있지 않은가.

"예, 예."

하고 김 첨지는 또다시 달음질하였다. 집이 차차 멀어갈수록 김 첨지의 걸음에는 다시금 신이 나기 시작하였다. 다리를 재게 놀려야만 쉴 새 없이 자기의 머리에 떠오르는 모든 근심과 걱정을 잊을 듯이.

정거장까지 끌어다 주고 그 깜짝 놀란 일 원 오십 전을 정말 제 손에 쥐매, 제 말마따나 십 리나 되는 길을 비를 맞아가며 질 퍽거리고 온 생각은 아니하고, 거저 얻은 듯이 고마웠다. 졸부나 된 듯이 기뻤다. 제 자식뻘밖에 안 되는 어린 손님에게 몇 번 허리를 굽히며,

"안녕히 다녀오십시오."

라고, 깍듯이 재우쳤다.

그러나 빈 인력거를 털털거리며 이 우중에 돌아갈 일이 꿈밖

이었다. 노동으로 하여 흐른 땀이 식어지자 굶주린 창자에서, 물 흐르는 옷에서 어슬어슬 한기가 솟아나기 비롯하매 일 원 오십 전이란 돈이 얼마나 괴치 않고 괴로운 것인 줄 절절히 느끼었다. 정거장을 떠나는 그의 발길은 힘 하나 없었다. 온몸이 옹송그려 지며 당장 그 자리에 엎어져 못 일어날 것 같았다.

"젠장맞을 것! 이 비를 맞으며 빈 인력거를 털털거리고 돌아를 간담. 이런 빌어먹을, 제 할미를 붙을 비가 왜 남의 상판을 딱딱 때려!"

그는 몹시 화증을 내며 누구에게 반항이나 하는 듯이 게걸거 렸다. 그럴 즈음에 그의 머리엔 또 새로운 광명이 비쳤나니, 그 것은

'이러구 갈 게 아니라 이 근처를 빙빙 돌며 차 오기를 기다리 면 또 손님을 태우게 되는지도 몰라.'

란 생각이었다. 오늘은 운수가 괴상하게도 좋으니까 그런 요 행이 또 한 번 없으리라고 누가 보증하랴. 꼬리를 굴리는 행운이 꼭 자기를 기다리고 있다고 내기를 해도 좋을 만한 믿음을 얻게 되었다. 그렇다고 정거장 인력거꾼의 등쌀이 무서워 정거장 앞 에 섰을 수가 없었다. 그래 그는 이전에도 여러 번 해본 일이라 바로 정거장 앞 전차 정류장에서 조금 떨어지게 사람 다니는 길 과 전찻길 틈에 인력거를 세워 놓고 자기는 그 근처를 빙빙 돌며 형세를 관망하기로 하였다.

얼마 만에 기차는 왔고 수십 명이나 되는 손이 정류장으로 쏟 아져 나왔다. 그 중에서 손님을 물색하는 김 첨지의 눈엔 양머리

에 뒤축 높은 구두를 신고 망토까지 두른 기생 퇴물인 듯, 난봉 여학생인 듯한 여편네의 모양이 띄었다. 그는 슬근슬근 그 여자의 곁으로 다가들었다.

"아씨, 인력거 아니 타시랍시오?"

그 여학생인지 뭔지가 한참은 매우 때깔을 빼며 입술을 꼭 다문 채 김 첨지를 거들떠보지도 않았다. 김 첨지는 구걸하는 거지나 무엇같이 연해연방 그의 기색을 살피며,

"아씨 정거장 애들보다 아주 싸게 모셔다 드리겠습니다. 댁이 어데신가요?"

하고 추근추근하게도 그 여자의 들고 있는 일본식 버들고리짝에 제 손을 대었다.

"왜 이래? 남 귀치않게."

소리를 벽력같이 지르고는 돌아선다. 김 첨지는 어랍시요 하고 물러섰다.

전차가 왔다. 김 첨지는 원망스럽게 전차 타는 이를 노리고 있었다. 그러나, 그의 예감은 틀리지 않았다. 전차가 빡빡하게 사람을 싣고 움직이기 시작하였을 제 타고 남은 손 하나가 있었다. 굉장하게 큰 가방을 들고 있는 걸 보면 아마 붐비는 차 안에 짐이 크다 하여 차장에게 밀려 내려온 눈치였다. 김 첨지는 대어섰다.

"인력거를 타시랍시오."

한동안 값으로 승강이를 하다가 육십 전에 인사동까지 태워다 주기로 하였다. 인력거가 무거워지며 그의 몸은 이상하게도 가

벼워졌다. 그리고 또 인력거가 가벼워지니 몸은 다시금 무거워
졌건만, 이번에는 마음조차 초조해 온다. 집의 광경이 자꾸 눈앞
에 어른거려 인제 요행을 바랄 여유도 없었다. 나무 등걸이나 무
엇 같고 제 것 같지도 않은 다리를 연해 꾸짖으며 갈팡질팡 뛰는
수밖에 없었다.

'저놈의 인력거꾼이 저렇게 술이 취해 가지고 이 진 땅에 어찌
가노?'

라고 길 가는 사람이 걱정을 하리만큼 그의 걸음은 황급하였
다. 흐리고 비오는 하늘은 어둠침침하게 벌써 황혼에 가까운 듯
하다. 창경원 앞까지 다다라서야 그는 턱에 닿은 숨을 돌리고 걸
음도 늦추잡았다. 한 걸음 두 걸음 집이 가까워갈수록 그의 마음
조차 괴상하게 누그러웠다. 그런데 이 누그러움은 안심에서 오
는 게 아니요, 자기를 덮친 무서운 불행을 빈틈없이 알게 될 때
가 박두한 것을 두려워하는 마음에서 오는 것이다.

그는 불행이 다닥치기[7] 전 시간을 얼마쯤이라도 늘이려고 버
르적거렸다. 기적에 가까운 벌이를 하였다는 기쁨을 할 수 있으
면 오래 지니고 싶었다. 그는 누리번두리번 사면을 살피었다. 그
모양은 마치 자기 집 — 곧 불행을 향하고 달려가는 제 다리를
제 힘으로는 도저히 어찌할 수 없으니 누구든지 나를 좀 잡아다
고, 구해다고 하는 듯하였다.

그럴 즈음에 마침 길가 선술집에서 친구 치삼이가 나온다. 그
의 우글우글 살찐 얼굴에 주홍이 돋는 듯, 온 턱과 뺨을 시커멓
게 구레나룻이 덮였거든, 노르탱탱한 얼굴이 바짝 말라서 여기

저기 고랑이 파이고 수염도 있대야 턱밑에만, 마치 솔잎 송이를 거꾸로 붙여 놓은 듯한 김 첨지의 풍채하고는 기이한 대상을 짓고 있었다.

"여보게, 김 첨지, 자네 문안 들어갔다 오는 모양일세그려, 돈 많이 벌었을 테니 한잔 빨리게."

뚱뚱보는 말라깽이를 보던 맡에 부르짖었다. 그 목소리는 몸짓과 딴판으로 연하고 싹싹하였다. 김 첨지는 이 친구를 만난 게 어떻게 반가운지 몰랐다. 자기를 살려준 은인이나 무엇같이 고맙기도 하였다.

"자네는 벌써 한잔 한 모양일세그려. 자네도 재미가 좋아 보이."

하고 김 첨지는 얼굴을 펴서 웃었다.

"압다. 재미 안 좋다고 술 못 먹을 낸가? 그런데 여보게, 자네 왼몸이 어째 물독에 빠진 새앙쥐 같은가? 어서 이리 들어와 말리게."

선술집은 훈훈하고 뜻뜻하였다. 추어탕을 끓이는 솥뚜껑을 열 적마다 뭉게뭉게 떠오르는 흰 김, 석쇠에서 뼈지짓 뼈지짓 구워지는 너비아니 구이며, 제육이며, 간이며, 콩팥이며, 북어며, 빈대떡…… 이 너저분하게 늘어놓은 안주 탁자, 김 첨지는 갑자기 속이 쓰려서 견딜 수 없었다. 마음대로 할 양이면 거기 있는 모든 먹음먹이를 모조리 깡그리 집어삼켜도 시원치 않았다. 하되, 배고픈 이는 우선 분량 많은 빈대떡 두 개를 쪼이기로 하고 추어탕을 한 그릇 청하였다. 주린 창자는 음식 맛을 보더니 더욱더욱 비어지며 자꾸자꾸 들이라 들이라 하였다. 순식간에 두부와 미꾸라지 든 국 한 그릇을 그냥 물같이 들이키고 말았다. 첫째 그릇을 받아들었을 제 덥히던 막걸리 곱빼기 두 잔이 데워졌다. 치삼이와 같이 마시자 원원이[8] 비었던 속이라 찌르르 하고 창자에 퍼지며 얼굴이 화끈하였다. 눌러 곱빼기 한 잔을 또 마셨다.

김 첨지의 눈은 벌써 개개풀리기[9] 시작하였다. 석쇠에 얹힌 떡 두 개를 숭덩숭덩 썰어서 볼을 볼록거리며 또 곱빼기 두 잔을 부어라 하였다.

치삼은 의아한 듯이 김 첨지를 보며,

"여보게 또 붓다니, 벌써 우리가 넉 잔씩 먹었네. 돈이 사십 전일세."

"아따 이놈아, 사십 전이 그리 끔찍하냐? 오늘 내가 돈을 막 벌었어. 참 오늘 운수가 좋았느니."

"그래 얼마를 벌었단 말인가?"

"삼십 원을 벌었어, 삼십 원을! 이런 젠장맞을, 술을 왜 안 부어……괜찮다, 괜찮아. 막 먹어도 상관이 없어. 오늘 돈 산더미같이 벌었는데."

"어, 이사람 취했군, 고만두세."

"이놈아, 이걸 먹고 취할 내냐? 어서 더 먹어."

하고는 치삼의 귀를 잡아치며 취한 이는 부르짖었다. 그리고, 술을 붓는 열다섯 살 됨직한 중대가리에게로 달려들며,

"이놈, 오라질 놈, 왜 술을 붓지 않어?"

라고 야단을 쳤다. 중대가리는 희희 웃고 치삼을 보며 문의하

는 듯이 눈짓을 하였다. 주정꾼이 이 눈치를 알아보고 화를 버럭 내며,

"에미를 붙을 이 오라질 놈들 같으니, 이놈 내가 돈이 없을 줄 알고?"

하자마자 허리춤을 훔칫훔칫하더니 일 원짜리 한 장을 꺼내어 중대가리 앞에 펄쩍 집어던졌다. 그 사품에 몇 푼 은전이 잘그랑하며 떨어진다.

"여보게 돈 떨어졌네, 왜 돈을 막 끼었나."

이런 말을 하며 일변 돈을 줍는다. 김 첨지는 취한 중에도 돈의 거처를 살피려는 듯이 눈을 크게 떠서 땅을 내려보다가 불시에 제 하는 짓이 너무 더럽다는 듯이 고개를 소스라치자 더욱 성을 내며,

"봐라 봐! 이 더러운 놈들아, 내가 돈이 없나, 다리 뼉다구를 꺾어 놓을 놈들 같으니."

하고 치삼이 주워주는 돈을 받아,

"이 원수엣 돈! 이 육시를 할 돈!"

하면서 팔매질을 친다. 벽에 맞아 떨어진 돈은 다시 술 끓이는 양푼에 떨어지며 정당한 매를 맞는다는 듯이 쨍 하고 울었다.

곱빼기 두 잔은 또 부어질 겨를도 없이 말려가고 말았다. 김 첨지는 입술과 수염에 붙은 술을 빨아들이고 나서 매우 만족한 듯이 그 술잎 송이 수염을 쓰다듬으며,

"또 부어, 또 부어."

라고 외쳤다.

또 한 잔 먹고 나서 김 첨지는 치삼의 어깨를 치며 문득 껄껄 웃는다. 그 웃음소리가 어찌나 컸던지 술집에 있는 이의 눈이 모두 김 첨지에게로 몰리었다. 웃는 이는 더욱 웃으며,

"여보게 치삼이, 내 우스운 이야기 하나 할까? 오늘 손을 태우고 정거장에 가지 않았겠나."

"그래서?"

"갔다가 그저 오기가 안됐데그려, 그래 전차 정류장에서 어름어름하며 손님 하나를 태울 궁리를 하지 않나. 거기 마침 마마님이신지 여학생이신지(요새야 어디 논다니와 아가씨를 구별할 수가 있던가) 망토를 잡수시고 비를 맞고 서 있겠지. 슬근슬근 가까이 가서 인력거를 타시랍시오 하고 손가방을 받으려니까 내 손을 탁 뿌리치고 빽 돌아서더만 '왜 남을 이렇게 귀찮게 굴어!' 그 소리야말로 꾀꼬리 소리지, 허허!"

김 첨지는 교묘하게도 정말 꾀꼬리 같은 소리를 내었다. 모든 사람은 일시에 웃었다.

"빌어먹을 깍쟁이 같은 년, 누가 저를 어쩌나, '왜 남을 귀찮게 굴어!' 어이구 소리가 체신도 없지, 허허."

웃음소리들은 높아졌다. 그러나 그 웃음소리들이 사라지기 전에 김 첨지는 훌쩍훌쩍 울기 시작하였다.

치삼은 어이없이 주정뱅이를 바라보며,

"금방 웃고 지랄을 하더니 우는 건 또 무슨 일인가?"

김 첨지는 연해 코를 들여마시며,

"우리 마누라가 죽었다네."

"뭐, 마누라가 죽다니, 언제?"

"이놈아 언제는. 오늘이지."

"예끼 미친놈, 거짓말 말아."

"거짓말은 왜? 참말로 죽었어, 참말로…… 마누라 시체를 집에 뻐들쳐 놓고 내가 술을 먹다니, 내가 죽일 놈이야, 죽일 놈이야."

하고 김 첨지는 엉엉 소리 내어 운다.

치삼은 홍이 조금 깨어지는 얼굴로,

"원 이 사람이, 참말을 하나 거짓말을 하나? 그러면 집으로 가세, 가."

하고 우는 이의 팔을 잡아당기었다.

치삼의 끄는 손을 뿌리치더니 김 첨지는 눈물이 글썽글썽한 눈으로 싱그레 웃는다.

"죽기는 누가 죽어?"

하고 득의 양양.

"죽기는 왜 죽어, 생떼같이 살아만 있단다. 그 오라질 년이 밥을 죽이지. 인제 나한테 속았다. 인제 나한테 속았다."

하고 어린애 모양으로 손뼉을 치며 웃는다.

"이 사람이 정말 미쳤단 말인가. 나도 아주먼네가 앓는단 말은 들었는데."

하고 치삼이도 어떤 불안을 느끼는 듯이 김 첨지에게 또 돌아가라고 권하였다.

"안 죽었어, 안 죽었대도 그래."

김 첨지는 화증을 내며 확신 있게 소리를 질렀으되 그 소리엔 안 죽은 것을 믿으려고 애쓰는 가락이 있었다. 기어이 일 원어치를 채워서 곱빼기 한 잔씩 더 먹고 나왔다. 궂은비는 의연히 추적추적 내린다.

김 첨지는 취중에도 설렁탕을 사가지고 집에 다다랐다. 집이라 해도 물론 셋집이요, 또 집 전체를 세 든 게 아니라 안과 뚝 떨어진 행랑방 한 칸을 빌려 든 것인데 물을 길어대고 한 달에 일 원씩 내는 터이다. 만일 김 첨지가 주기를 띠지 않았던들 한 발을 대문 안에 들여놓았을 제 그곳을 지배하는 무시무시한 정적(靜寂) ― 폭풍우가 지나간 뒤의 바다 같은 정적에 다리가 떨리었으리라. 쿨룩거리는 기침 소리도 들을 수 없다. 그르렁거리는 숨소리조차 들을 수 없다. 다만 이 무덤 같은 침묵을 깨뜨리는 ― 깨뜨린다느니보다 한층 더 침묵을 깊게 하고 불길하게 하는 빡빡 하는 그윽한 소리, 어린애의 젖 빠는 소리가 날 뿐이다. 만일 청각이 예민한 이 같으면, 그 빡빡 소리는 빨 따름이요, 꿀떡꿀떡하고 젖 넘어가는 소리가 없으니, 빈 젖을 빤다는 것도 짐작할는지 모르리라.

혹은 김 첨지도 이 불길한 침묵은 짐작했는지도 모른다. 그렇지 않으면 대문에 들어서자마자 전에 없이,

"이 난장 맞을 년, 남편이 들어오는데 나와 보지도 안 해. 이 오라질 년."

이라고 고함을 친 게 수상하다. 이 고함이야말로 제 몸을 엄습

해 오는 무시무시한 증을 쫓아버리려는 허장성세(虛張聲勢)인 까닭이다.

하여간 김 첨지는 방문을 왈칵 열었다. 구역을 나게 하는 추기 [10] — 떨어진 삿자리 밑에서 올라온 먼지내, 빨지 않은 지저귀에서 나는 똥내와 오줌내, 가지각색 때가 켜켜이 앉은 옷내, 병인의 땀 썩은 내가 섞인 추기가 무딘 김 첨지의 코를 찔렀다.

방안에 들어서며 설렁탕을 한구석에 놓을 사이도 없이 주정꾼은 목청을 있는 대로 다 내어 호통을 쳤다.

"이 오라질 년, 주야장천(晝夜長川) 누워만 있으면 제일이야. 남편이 와도 일어나지를 못해!"

라는 소리와 함께 발길로 누운 이의 다리를 몹시 찼다. 그러나 발길에 차이는 건 사람의 살이 아니고 나무 등걸과 같은 느낌이 있었다. 이때에 빡빡 소리가 응아 소리로 변하였다. 개똥이가 물었던 젖을 빼어놓고 운다. 운대도 온 얼굴을 찡그려 붙어서 운다는 표정을 할 뿐이다. 응아 소리도 입에서 나는 게 아니고, 마치 뱃속에서 나는 듯하였다. 울다가 목도 잠겼고 또 울 기운조차 시진한[11] 것 같다.

발로 차도 그 보람이 없는 걸 보자 남편은 아내의 머리맡으로 달려들어 그야말로 까치집 같은 환자의 머리를 꺼들어 흔들며,

"이년아, 말을 해, 말을! 입이 붙었어? 이 오라질 년!"

"……."

"으응, 이것 봐, 아무 말이 없네."

"……."

"이년아, 죽었단 말이냐, 왜 말이 없어?"

"……"

"으응, 또 대답이 없네, 정말 죽었나버이."

이러다가 누운 이의 흰 창이 검은 창을 덮은, 위로 치뜬 눈을 알아보자마자,

"이 눈깔! 이 눈깔! 왜 나를 바라보지 못하고 천정만 보느냐? 응."

하는 말끝엔 목이 메이었다. 그러자 산 사람의 눈에서 떨어진 닭의 똥 같은 눈물이 죽은 이의 뻣뻣한 얼굴을 어룽어룽 적신다. 문득 김 첨지는 미친 듯이 제 얼굴을 죽은 이의 얼굴에 한데 비비대며 중얼거렸다.

"설렁탕을 사다 놓았는데 왜 먹지를 못하니, 왜 먹지를 못하니…… 괴상하게도 오늘은 운수가 좋더니만……."

빈처

"그것이 어쩨 없을까?"

아내가 장문을 열고 무엇을 찾더니 입안말로 중얼거린다.

"무엇이 없어?"

나는 우두커니 책상머리에 앉아서 책장만 뒤적뒤적하다가 물어 보았다.

"모본단 저구리 가 하나 남았는데……."

"……."

나는 그만 묵묵하였다. 아내가 그것을 찾아 무엇 하려는 것을 앎이라.

1

"그것이 어째 없을까?"

아내가 장문을 열고 무엇을 찾더니 입안말로 중얼거린다.

"무엇이 없어?"

나는 우두커니 책상머리에 앉아서 책장만 뒤적뒤적하다가 물어 보았다.

"모본단[1] 저구리[2]가 하나 남았는데……."

"……."

나는 그만 묵묵하였다. 아내가 그것을 찾아 무엇 하려는 것을 앎이라. 오늘 밤에 옆집 할멈을 시켜 잡히려 하는 것이다.

이 2년 동안에 돈 한 푼 나는 데는 없고 그대로 주리면 시장할 줄 알아 기구(器具)와 의복을 전당국[3] 창고에 들여밀거나 고물

빈처

상 한구석에 세워 두고 돈을 얻어 오는 수밖에 없었다. 지금 아내가 하나 남은 모본단 저고리를 찾는 것도 아침거리를 장만하려 함이라. 나는 입맛을 쩝쩝 다시고 폈던 책을 덮어놓고 후—한숨을 내쉬었다.

봄은 벌써 반이나 지내었건마는 이슬을 실은 듯한 밤기운이 방구석으로부터 슬금슬금 기어나와 사람에게 안기고 비가 오는 까닭인지 밤은 아직 깊지 않건만 인적조차 끊어지고 온 천지가 빈 듯이 고요한데 투닥투닥 떨어지는 빗소리가 한없는 구슬픈 생각을 자아낸다.

"빌어먹을 것, 되는 대로 되어라."

나는 점점 견딜 수 없어 두 손으로 흩어진 머리카락을 쓰다듬어 올리며 중얼거려 보았다. 이 말이 더욱 처량한 생각을 일으킨다. 나는 또 한번, '후—' 한숨을 내쉬며 왼팔을 베고 책상에 쓰러지며 눈을 감았다.

이 순간에 오늘 지낸 일이 불현듯 생각이 난다.

늦게야 점심을 마치고 내가 막 궐련(卷煙)[1] 한 개를 피워 물 적에 흰성은행 다니는 T가 공일이라고 놀러 왔었다. 친척은 다 멀지 않게 살아도 가난한 꼴을 보이기도 싫고 찾아갈 적마다 무엇을 꾸어내라고 조르지도 아니하였건만 행여나 무슨 구차한 소리를 할까 봐서 미리 방패막이를 하고 눈살을 찌푸리는 듯하여 나도 발을 끊고 따라서 찾아오는 이도 없었다. 다만 이 T는 촌수가 가까운 까닭인지 자주 우리를 방문하였다.

그는 성실하고 공순하며 설설(屑屑)한[5] 소사(小事)에 슬퍼하고 기뻐하는 인물이었다. 동년배인 우리 둘은 늘 친척 간에 비교 거리가 되었었다. 그리고 나의 평판이 항상 좋지 못했다.

"T는 돈을 알고 위인이 진실해서 그 애는 돈푼이나 모을 것이 야! 그러나 K(내 이름)는 아모짝[6]에도 못쓸 놈이야. 그 잘난 언문[7] 섞어서 무어라고 끄적거려 놓고 제 주제에 무슨 조선에 유명한 문학가가 된다니! 시러베아들놈!"

이것이 그네들의 평판이었다. 내가 문학인지 무엇인지 하는 소리가 까닭없이 그네들의 비위에 틀린 것이다. 더군다나 나는 그네들의 생일이나 혹은 대사 때에 돈 한푼 이렇다는 일이 없고, T는 소위 착실히 돈벌이를 하여 가지고 국수 밥소라[8]나 보조를 하는 까닭이다.

"얼마 아니 되어 T는 잘살 것이고, K는 거지가 될 것이니 두 고 보아!"

오촌 당숙은 이런 말씀까지 하였다 한다. 입 밖에는 아니 내어 도 친부모 친형제까지라도 심중으로는 다 이렇게 생각할 것이 다. 그래도 부모는 달라서 화가 나시면,

"네가 그리 하다가는 말경에 비렁뱅이가 되고 말 것이야."

라고 꾸중은 하셔도,

"사람이란 늦복 모르느니라."

"그런 사람은 또 그렇게 되느니라."

하시는 것이 스스로 위로하는 말씀이고 또 며느리를 위로하는 말씀이었다. 이것을 보아도 하는 수 없는 놈이라고 단념을 하시 면서 그래도 잘되기를 바라시고 축원하시는 것을 알겠더라.

여하간 이만하면 T의 사람됨을 가히 알 수가 있다. 그리고 그가 우리 집에 올 것 같으면 지어서 쾌활하게 웃으며 힘써 자미스러운[9] 이야기를 하였다. 단둘이 고적하게 그날그날을 보내는 우리에게는 더할 수 없이 반가웠었다.

오늘도 그가 활발하게 집에 쑥 들어오더니 신문지에 싼 기름 한 것을 '이것 봐라' 하는 듯이 마루 위에 올려놓고 분주히 구두끈을 끄른다.

"이것은 무엇인가?"

나는 물어보았다.

"저— 제 처의 양산이야요. 쓰던 것이 벌써 다 낡았고 또 살이 부러졌다나요."

그는 구두를 벗고 마루에 올라서며 나오는 웃음을 참지 못하여 벙글벙글하면서 대답을 한다. 그는 나의 아내를 보며 돌연히,

"아지머니, 좀 구경하시렵니까?"

하더니 싼 종이와 집을 벗기고 양산을 펴 보인다. 흰 비단 바탕에 두어 가지 매화를 수놓은 양산이었다.

"검정이는 좋은 것이 많아도 너무 칙칙해 보이고…… 회색이나 누렁이는 하나도 그것이야 싶은 것이 없어서 이것을 산걸요."

그는 '이것보다 더 좋은 것을 살 수가 있나!' 하는 뜻을 보이려고 애를 쓰며 이런 발명까지 한다.

"이것도 퍽 좋은데요."

이런 칭찬을 하면서 양산을 펴 들고 이리저리 홀린 듯이 들여다보고 있는 아내의 눈에는 '나도 이런 것을 하나 가졌으면' 하

는 생각이 역력히 보인다.

나는 갑자기 불쾌한 생각이 와락 일어나서 방으로 들어오며 아내의 양산 보는 양을 빙그레 웃고 바라보고 있는 T에게,

"여보게, 방에 들어오게그려, 우리 이야기나 하세."

T는 따라 들어와 물가 폭등에 대한 이야기며, 자기의 월급이 오른 이야기며, 주권(株券)을 몇 주 사두었더니 꽤 이익이 남았다든가, 이번 각 은행 사무원 경기회에서 자기가 우월한 성적을 얻었다든가, 이런 것 저런 것 한참 이야기하다가 돌아갔었다.

T를 보내고 책상을 향하여 짓던 소설의 결미(結尾)를 생각하고 있을 즈음에,

"여보!"

아내의 떠는 목소리가 바로 내 귀 곁에서 들린다. 핏기 없는 얼굴에 살짝 붉은빛이 돌며 어느 결에 내 곁에 바싹 다가앉았더라.

"당신도 살 도리를 좀 하셔요."

"……."

나는 또 '시작하는구나' 하는 생각이 번개같이 머리에 번쩍이며 불쾌한 생각이 벌컥 일어난다. 그러나 무어라고 대답할 말이 없이 묵묵히 있었다.

"우리도 남과 같이 살아보아야지요!"

아내가 T의 양산에 단단히 자극을 받은 것이다. 예술가의 처 노릇을 하려는 독특한 결심이 있는 그는 좀처럼 이런 소리를 입 밖에 내지 아니하였다. 그러나 무엇에 상당한 자극만 받으면 참

고 참았던 이런 소리를 하게 되는 것이다. 나도 이런 소리를 들을 적마다 '그럴 만도 하다'는 동정심이 없지 아니하나 심사가 어쩐지 좋지 못하였다. 이번에도 '그럴 만도 하다'는 동정심이 없지 아니하되 또한 불쾌한 생각을 억제키 어려웠다. 잠깐 있다가 불쾌한 빛을 드러내며,

"급작스럽게 살 도리를 하라면 어찌할 수가 있소? 차차 될 때가 있겠지!"

"아이구, 차차란 말씀 그만두구려, 어느 천년에……."

아내의 얼굴에 붉은빛이 짙어지며 전에 없던 흥분한 어조로 이런 말까지 하였다. 자세히 보니 두 눈에 은은히 눈물이 고이었더라.

나는 잠시 멍멍하게 있었다. 성낸 불길이 치받쳐 올라온다. 나는 참을 수 없었다.

"막벌이꾼한테나 시집을 갈 것이지 누가 내게 시집을 오랬어! 저 따위가 예술가의 처가 다 뭐야!"

사나운 어조로 몰풍스럽게[10] 소리를 꽥 질렀다.

"에그……!"

살짝 얼굴빛이 변해지며 어이없이 나를 보더니 고개가 점점 수그러지며 한 방울 두 방울 방울방울 눈물이 장판 위에 떨어진다.

나는 이런 일을 가슴에 그리며 그래도 내일 아침거리를 장만하려고 옷을 찾는 아내의 심중을 생각해 보니, 말할 수 없는 슬픈 생각이 가을 바람과 같이 설렁설렁 심골(心骨)[11]을 분지르는

것 같다.

쓸쓸한 빗소리는 굵었다 가늘었다 의연(依然)히 적적한 밤공기에 더욱 처량히 들리고 그을음 앉은 등피(燈皮)[12] 속에서 비추는 불빛은 구름에 가린 달빛처럼 우는 듯 조는 듯 구차히 얻어산 몇 권 양책의 표제 금자(金字)가 번쩍거린다.

2

장 앞에 초연히 서 있던 아내가 무엇이 생각났는지 고개를 끄덕끄덕하며 들릴 듯 말 듯 목 안의 소리로,

"으흐…… 옳지, 참 그날……."

"찾았소?"

"아니야요, 벌써…… 저 인천 사시는 형님이 오셨던 날……."

"……."

아내가 애써 찾던 그것도 벌써 전당포의 고운 먼지가 앉았구나! 종지 하나라도 차근차근 아랑곳하는 아내가 그것을 잡혔는지 아니 잡혔는지 모르는 것을 보면 빈곤이 얼마나 그의 정신을 물어뜯었는지 가히 알겠다.

"……."

"……."

한참 동안 서로 아무 말이 없었다. 가슴이 어째 답답해지며 누구하고 싸움이나 좀 해보았으면, 소리껏 고함이나 질러 보았으면, 실컷 울어 보았으면 하는 일종 이상한 감정이 부글부글 피어

오르며 전신에 이가 스멀스멀 기어다니는 듯 옷이 어째 몸에 끼이고 견딜 수가 없다.

나는 이런 감정을 노골적으로 드러내며,

"점점 구차한 살림에 싫증이 나서 못 견디겠지?"

아내는 무엇을 생각하는지 모르게 정신을 잃고 섰다가 그 게슴츠레한 눈이 둥그래지며,

"네에? 어째서요?"

"무얼 그렇지!"

"싫은 생각은 조금도 없어요."

이렇게 말이 오락가락함을 따라 나는 흥분의 도가 점점 짙어간다.

그래서 아내가 떨리는 소리로,

"어째 그런 줄 아세요?"

하고 반문할 적에,

"나를 숙맥으로 알우!"

라고, 격렬하게 소리를 높였다.

아내는 살짝 분한 빛이 눈에 비치며 물끄러미 나를 들여다본다. 나는 괘씸하다는 듯이 흘겨보며,

"그러면 그것 모를까! 오늘날까지 잘 참아오더니 인제는 점점 기색이 달라지는걸 뭐! 물론 그럴 만도 하지마는!"

이런 말을 하는 내 가슴에는 지난 일이 활동사진 모양으로 어른어른 나타난다.

육 년 전에(그때 나는 십육 세이고 저는 십팔 세였다) 우리가

결혼한 지 얼마 아니 되어 지식에 목마른 나는 지식의 바닷물을 얻어 마시려고 표연히 집을 떠났었다. 광풍에 나부끼는 버들잎 모양으로 오늘은 지나(支那)[13] 내일은 일본으로 굴러다니다가 금전의 탓으로 지식의 바닷물도 흠씬 마셔 보지도 못하고 반거들충이[14]가 되어 집에 돌아오고 말았다. 내게 시집 올 때에는 방글방글 피려는 꽃봉오리 같던 아내가 어느 결에 이울어가는[15] 꽃처럼 두 뺨에 선연한 빛이 스러지고 이마에는 벌써 두어 금 가는 줄이 그리어졌다.

처가 덕으로 집간도 장만하고 세간도 얻어 우리는 소위 살림을 하게 되었다. 처음에는 그럭저럭 지내었지마는 한 푼 나는 데 없는 살림이라 한 달 가고 두 달 갈수록 점점 곤란해질 따름이었다. 나는 보수 없는 독서와 가치 없는 창작으로 해가 지고 날이 새며, 쌀이 있는지 나무가 있는지 망연케 몰랐었다. 그래도 때때로 맛난 반찬이 상에 오르고 입은 옷이 과히 추하지 아니함은 전혀 아내의 힘이었다. 전들 무슨 벌이가 있으리오, 부끄럼을 무릅쓰고 친가에 가서 눈치를 보아가며 구차한 소리를 하여 가지고 얻어 온 것이었다. 그것도 한 번 두 번 말이지 장구한 세월에 어찌 늘 그럴 수가 있으랴! 말경에는 아내가 가져온 세간과 의복에 손을 대는 수밖에 없었다. 잡히고 파는 것도 나는 알은 체도 아니하였다. 그가 애를 쓰며 퉁명스러운 옆집 할멈에게 돈푼을 주고 시켰었다.

이런 고생을 하면서도 그는 나의 성공만 마음속으로 깊이깊이 믿고 빌었었다. 어느 때에는 내가 무엇을 짓다가 마음에 맞지 아

니하여 쓰던 것을 집어던지고 화를 낼 적에,

"왜 마음을 조급하게 잡수세요! 저는 꼭 당신의 이름이 세상에 빛날 날이 있을 줄 믿어요. 우리가 이렇게 고생을 하는 것이 장래에 잘 될 근본이야요."

하고 그는 스스로 흥분되어 눈물을 흘리며 나를 위로한 적도 있었다.

내가 외국으로 돌아다닐 때에 소위 신풍조에 띄어 까닭 없이 구식 여자가 싫었었다. 그래서 나의 일찍이 장가든 것을 매우 후회하였다. 어떤 남학생과 어떤 여학생이 서로 연애를 주고받고 한다는 이야기를 들을 적마다 공연히 가슴이 뛰놀며 부럽기도 하고 비감스럽기도 하였었다.

그러나 낫살이 들어갈수록 그런 생각도 없어지고 집에 돌아와 아내를 겪어 보니 의외에 그에게 따뜻한 맛과 순결한 맛을 발견하였다. 그의 사랑이야말로 이기적 사랑이 아니고 헌신적 사랑이었다. 이런 줄을 점점 깨닫게 될 때에 내 마음이 얼마나 행복스러웠으랴! 밤이 깊도록 다듬이를 하다가 그만 옷 입은 채로 쓰러져 곤하게 자는 그의 파리한 얼굴을 들여다보며,

"아아, 나에게 위안을 주고 원조를 주는 천사여!"

하고 감격이 극하여 눈물을 흘린 일도 있었다.

내가 알다시피 내가 별로 천품은 없으나 어쨌든 무슨 저작가[16]로 몸을 세워 보았으면 하여 나날이 창작과 독서에 전심력[17]을 바쳤다. 물론 아직 남에게 인정될 가치는 없는 것이다. 그 영향으로 자연 일상생활이 말유(末由)하게 되었다.

이런 곤란에 그는 근 이 년 견디어 왔건마는 나의 하는 일은 오히려 아무 보람이 없고 방 안에 놓였던 세간이 줄어가고 장롱에 찼던 옷이 거의 다 없어졌을 뿐이다.

그 결과 그다지 견딜성 있던 저도 요사이 와서는 때때로 쓸데없는 탄식을 하게 되었다. 손잡이를 잡고 마루 끝에 우두커니 서서 하염없이 먼 산만 바라보기도 하며, 바느질을 하다가 말고 실심[18]한 사람 모양으로 멍멍히 앉았기도 하였다. 창경(窓鏡)[19]으로 비추는 어스름한 햇빛에 나는 흔히 그의 눈물 머금은 근심 있는 눈을 발견하였다. 이럴 때에는 말할 수 없는 쓸쓸한 생각이 들며 일없이,

"마누라!"

하고 부르면 그는 몸을 흠칫하고 고개를 저리로 돌리어 치맛자락으로 눈물을 씻으며,

"네에?"

하고 울음에 떨리는 가는 대답을 한다. 나는 등에 찬물을 끼얹은 듯 몸이 으쓱해지며 처량한 생각이 싸늘하게 가슴에 흘렀었다. 그렇시 않아도 자비(自卑)[20]하기 쉬운 마음이 더욱 심해지며,

'내가 무자격한 탓이다.'

하고 스스로 멸시를 하고 나니 더욱 견딜 수 없다.

'그럴 만도 하다.'

는 동정심이 없지 아니하되, 그래도 그만 불쾌한 생각이 일어나며,

'계집이란 할 수 없어.'

혼자 이런 불평을 중얼거리었다.

환등 모양으로 하나씩 둘씩 이런 일이 가슴에 나타나니 무어라고 말할 용기조차 없어졌다. 나의 유일의 신앙자이고 위로자이던 저까지 인제는 나를 아니 믿게 되고 말았다. 그는 마음속으로,

'네가 육 년 동안 내 살을 깎고 저미었구나! 이 원수야!'

할 것이다. 이렇게 생각하매 그의 불같던 사랑까지 엷어져 가는 것 같았다. 아니 흔적도 없이 사라지고 만 것 같았다. 나는 감상적으로 허둥허둥하며,

"낸들 마누라를 고생시키고 싶어 시켰겠소! 비단옷도 해주고 싶고, 좋은 양산도 사주고 싶어요. 그러길래 왼종일 쉬지 않고 공부를 아니 하오? 남 보기에는 편편히 노는 것 같아도 실상은 그렇지 않아! 본들 모른단 말이오?"

나는 점점 강한 가면을 벗고 약한 진상을 드러내며 이와 같은 가소로운 변명까지 하였다.

"왼 세상 사람이 다 나를 비소(誹笑)[21]하고 모욕하여도 상관이 없지만 마누라까지 나를 아니 믿어주면 어찌한단 말이오."

내 말에 스스로 자극이 되어 마침내,

"아아!"

길이 탄식을 하고 그만 쓰러졌다. 이 순간에 고개를 숙이고 아마 하염없이 입술만 물어뜯고 있던 아내가 홀연,

"여보!"

울음소리를 떨면서 무너지는 듯이 내 얼굴에 쓰러진다.

"용서……."

하고는 북받쳐 나오는 울음에 말이 막히고 불덩이 같은 두 뺨이 내 얼굴을 누르며 흑흑 느끼어 운다. 그의 두 눈으로부터 샘솟듯 하는 눈물이 제 뺨과 내 뺨 사이를 따뜻하게 젖어 퍼진다.

내 눈에서도 눈물이 흘러내린다. 뒤숭숭하던 생각이 다 이 뜨거운 눈물에 봄눈 슬듯[22] 스러지고 말았다.

한참 있다가 우리는 눈물을 씻었다. 내 속이 얼마큼 시원한 듯하였다.

"용서하여 주세요! 그렇게 생각하실 줄은 참 몰랐어요."

이런 말을 하는 아내는 눈물에 불어오른 눈꺼풀을 아픈 듯이 끔적거린다.

"암만 구차하기로니 싫증이야 날까요? 나는 한번 먹은 마음이 있는데……."

가만가만히 변명을 하는 아내의 눈물 흔적이 어룽어룽한 얼굴을 물끄러미 바라보며 겨우 심신이 가든하였다.

3

어제 일로 심신이 피곤하였던지 그 이튿날 늦게야 잠을 깨니 간밤에 오던 비는 어느 결에 그치었고 명랑한 햇발이 미닫이에 높았더라. 아내가 다시금 장문을 열고 잡힐 것을 찾을 즈음에 누가 중문을 열고 들어온다. 우리는 누군가 하고 귀를 기울일 적에 밖에서,

"아씨!"

하는 소리가 들렸다.

아내는 급히 방문을 열고 나갔다. 그는 처가에서 부리는 할멈이었다. 오늘이 장인 생신이라고 어서 오라는 말을 전한다.

"오늘이야! 참 옳지, 오늘이 이월 열엿샛날이지, 나는 깜빡 잊었어!"

"원 아씨는 딱도 하십니다. 어쩌면 아버님 생신을 잊으신단 말씀이오. 아무리 살림이 자미가 나시더래도……."

시큰둥한 할멈은 선웃음을 쳐가며 이런 소리를 한다. 가난한 살림에 골몰하느라고 자기 친부의 생신까지 잊었는가 하매 아내의 정지(情地)²³⁾가 더욱 측연(惻然)하였다.²⁴⁾

"오늘이 본가 아버님 생신이라요. 어서 오라시는데……."

"어서 가구려……."

"당신도 가셔야지요. 우리 같이 가셔요."

하고 아내는 하염없이 얼굴을 붉힌다.

나는 처가에 가기가 매우 싫었었다. 그러나 아니 가는 것도 내 도리가 아닐 듯하여 하는 수 없이 두루마기를 입었다.

아내는 머뭇머뭇하며 양미간을 보일 듯 말 듯 찡그리다가 곁눈으로 살짝 나를 엿보더니 돌아서 급히 장문을 연다.

'흥, 입을 옷이 없어 망설거리는구나.'

나도 슬쩍 돌아서며 생각하였다.

우리는 서로 등지고 섰건마는 그래도 아내가 거의 다 빈 장 안을 들여다보며 입을 만한 옷이 없어 눈살을 찌푸린 양이 눈앞에 선연하며 어찌할 수가 없었다.

"자아, 가서요."

무엇을 생각하는지 모르게 정신을 잃고 섰다가 아내의 부르는 소리를 듣고 나는 기계적으로 고개를 돌리었다. 아내는 당목 옷을 갈아입고 내 마음을 알았던지 나를 위로하는 듯이 방그레 웃었다. 나는 더욱 쓸쓸하였다.

우리 집은 천변 배다리 곁에 있고 처가는 안국동에 있어 그 거리가 꽤 멀었다. 나는 천천히 가느라고 가고, 아내는 속히 오느라고 오건마는 그는 늘 뒤떨어졌었다. 내가 한참 가다가 뒤를 돌아보면 그는 꽤 멀리 떨어져 나를 따라오려고 애를 쓰며 주춤주춤 걸어온다. 길가에 다니는 어느 여자를 보아도 거의 다 비단옷을 입고 고운 신을 신었는데, 아내는 당목 옷을 허술하게 차리고 청목당혜로 타박타박 걸어오는 양이 나에게 얼마나 애연한[25] 생각을 일으켰는지!

한참 만에 나는 넓고 높은 처가 대문에 다다랐다. 내가 안으로 들어갈 적에 낯선 사람들이 나를 흘끔흘끔 본다. 그들의 눈에,

'이 사람이 누구인가. 아마 이 집 차인[26]인가 보다.' 하는 경멸히 여기는 빛이 있는 것 같았다. 안 대청 가까이 들어오니 모두 내게 분분히 인사를 한다. 그 인사하는 소리가 내 귀에는 어째 비소하는 것 같기도 하고 모욕하는 것 같기도 하여 공연히 가슴이 두근거리고 얼굴이 후끈거리었다.

그 중에 제일 내게 친숙하게 인사하는 사람이 있다. 그는 아내보다 삼 년 맏이인 처형이었다. 내가 어려서 장가를 들었으므로

그때 그는 나를 못 견디게 시달렸다. 그때는 그가 싫기도 하고 밉기도 하더니 지금 와서는 그때 그러한 것이 도리어 우리를 무관하고 정답게 만들었다. 그는 인천 사는데 자기 남편이 기미(期米)[27]를 하여 가지고 이번에 돈 십만 원이나 착실히 땄다 한다. 그는 자기의 잘사는 것을 자랑하고자 함인지 비단을 내리감고 치감고 얼굴에 부유한 태가 질질 흐른다. 그러나 분으로 숨기려고 애쓴 보람도 없이 눈 위에 퍼렇게 멍든 것이 내 눈에 띄었다.

"왜 마누라는 어쩌고 혼자 오셔요!"

그는 웃으며 이런 말을 하다가 중문편을 바라보더니,

"그러면 그렇지! 동부인 아니하고 오실라구!"

혼자 주고받고 한다.

나도 이 말을 듣고 슬쩍 돌아다보니 아내가 벌써 중문 안에 들어섰더라. 그 수척한 얼굴이 더욱 수척해 보이며 눈물 괸 듯한 눈이 하염없이 웃는다. 나는 유심히 그와 아내를 번갈아 보았다. 처음 보는 사람은 분간을 못 하리만큼 그들의 얼굴은 혹사(酷似)[28]하다. 그런데 얼굴빛은 어쩌면 저렇게 틀리는지! 하나는 이글이글 만발한 꽃 같고, 하나는 시들시들 마른 낙엽 같다. 아내를 형이라 하고, 처형을 아우라 하였으면 아무라도 속을 것이다. 또 한번 아내를 보며 말할 수 없는 쓸쓸한 생각이 다시금 가슴을 누른다.

딴 음식은 별로 먹지도 아니하고 못 먹는 술을 넉 잔이나 마시었다. 그래도 바늘방석에 앉은 것처럼 앉아 견딜 수가 없다. 집에 가려고 나는 몸을 일으켰다. 골치가 떵하며 내가 선 방바닥이

마치 폭풍에 흉흉(洶洶)²⁹⁾하는 파도같이 높았다 낮았다 어질어
질해서 곧 쓰러질 것 같다. 이 거동을 보고 장모가 황망히³⁰⁾ 일어
서며,

"술이 저렇게 취해 가지고 어데로 갈라구. 여기서 한잠 자고
가게."

나는 손을 내저으며,

"아니에요. 집에 가겠어요."

취한 소리로 중얼거리었다.

"저를 어쩌나!"

장모는 걱정을 하시더니,

"할멈! 어서 인력거 한 채 불러오게."

한다.

취중에도 인력거를 태워주지 말고 그 인력거 삯을 나를 주었
으면 책 한 권을 사 보련만 하는 생각이 있었다. 인력거를 타고
얼마 아니 가서 그만 잠이 들고 말았다.

한참 자다가 잠을 깨어 보니 방 안에 벌써 남폿불이 키었는데,
아내는 어느 결에 왔는지 외로이 앉아 바느질을 하고 화로에서
는 무엇이 끓는 소리가 보글보글하였다. 아내가 나의 잠 깬 것을
보더니 급히 화로에 얹은 것을 만져 보며,

"인제 고만 일어나 진지를 잡수셔요."

하고 부리나케 일어나 아랫목에 파묻어 둔 밥그릇을 꺼내어
미리 차려 둔 상에 얹어서 내 앞에 갖다 놓고 일변 화로를 당기
어 더운 반찬을 집어 얹으며,

"자아 어서 일어나셔요."

나는 마지못하여 하는 듯이 부시시 일어났다. 머리가 오히려 아프며 목이 몹시 말라서 국과 물을 연해 들이켰다.

"물만 잡수셔서 어째요. 진지를 좀 잡수셔야지."

아내는 이런 근심을 하며 밥상머리에 앉아서 고기도 뜯어 주고 생선 뼈도 추려 주었다. 이것은 다 오늘 처가에서 가져온 것이다. 나는 맛나게 밥 한 그릇을 다 먹었다. 내 밥상이 나매 아내가 밥을 먹기 시작한다. 그러면 지금껏 내 잠 깨기를 기다리고 밥을 먹지 아니하였구나 하고 오늘 처가에서 본 일을 생각하였다. 어제 일이 있은 후로 우리 사이에 무슨 벽이 생긴 듯하던 것이 그 벽이 점점 엷어져 가는 듯하며 가엾고 사랑스러운 생각이 일어났다. 그래서 우리는 정답게 이런 이야기 저런 이야기를 하게 되었다. 우리의 이야기는 오늘 장인 생신 잔치로부터 처형 눈 위에 멍든 것에 옮겨 갔다.

처형의 남편이 이번 그 돈을 딴 뒤로는 주야 요리점과 기생집에 돌아다니더니 일전에 어떤 기생을 얻어 가지고 미쳐 날뛰며 집에만 들면 집안 사람을 들볶고 걸핏하면 처형을 친다 한다. 이번에도 별로 대단치 않은 일에 처형에게 밥상으로 냅다 갈겨 바로 눈 위에 그렇게 멍이 들었다 한다.

"그것 보아! 돈푼이나 있으면 다 그런 것이야."

"정말 그래요. 없으면 없는 대로 살아도 의좋게 지내는 것이 행복이야요."

아내는 충심으로 공명해[31] 주었다. 이 말을 들으매 내 마음은

말할 수 없이 만족해지며 무슨 승리자나 된 듯이 득의양양하였다. 그리고 마음속으로,

'옳다, 그렇다. 이렇게 지내는 것이 행복이다.'

하였다.

4

이틀 뒤 해 어스름에 처형은 우리 집에 놀러 왔었다. 마침 내가 정신없이 무엇을 생각하고 있을 즈음에 쓸쓸하게 닫혀 있는 중문이 찌그덩하며[32] 비단옷 소리가 사르륵사르륵 들리더니 아랫목은 내게 빼앗기고 웃목에서 바느질을 하고 있던 아내가 문을 열고 나간다.

"아이고 형님 오셔요."

아내의 인사하는 소리가 들리더니 처형이 계집 하인에게 무엇을 들리고 들어온다. 나도 반갑게 인사를 하였다.

"그날 매우 욕을 보셨지요. 못 잡숫는 술을 무슨 짝에 그렇게 잡수셔요?"

그는 이런 인사를 하다가 급작스럽게 계집 하인이 든 것을 빼앗더니 그 속에서 신문지로 싼 것을 끄집어내어 아내를 주며,

"내 신 사는데 네 신도 한 켤레 샀다. 그날 청목당혜를……."

말을 하려다가 나를 곁눈으로 흘끗 보고 그만 입을 닫친다.

"그것을 왜 또 사셨어요?"

해쓱한 얼굴에 꽃물을 들이며 아내가 치사하는 것도 들은 체

만 체하고 처형은 또 이야기를 시작한다.

"올 적에 사랑양반을 졸라서 돈 백 원을 얻었겠지. 그래서 오늘 종로에 나와서 옷감도 바꾸고, 신도 사고……."

그는 자랑과 기쁨의 빛이 얼굴에 퍼지며 싼 보를 끌러,

"이런 것이야!"

하고 우리 앞에 펼쳐 놓는다.

자세히는 모르나 여하간 값 많고 품 좋은 비단일 듯하다. 무늬 없는 것, 무늬 있는 것, 회색·옥색·초록색·분홍색이 갖가지로 윤이 흐르며 색색이 빛이 나서 나는 한참 황홀하였다. 무슨 칭찬을 해야 되겠다 싶어서,

"참 좋은 것인데요."

이런 말을 하다가 나는 또 쓸쓸한 생각이 일어난다. 저것을 보는 아내의 심중이 어떠할까? 하는 의문이 문득 일어남이라.

"모다 좋은 것만 골라 샀습니다그려."

아내는 인사를 차리느라고 이런 칭찬은 하나마 별로 부러워하는 기색이 없다.

나는 적이 의외의 감이 있었다.

처형은 자기 남편의 흉을 보기 시작하였다. 그 밉살스럽다는 둥, 그 추근추근하다는 둥 말끝마다 자기 남편의 불미한 점을 들다가 문득 이야기를 끊고 일어섰다.

"왜 벌써 가시려고 하셔요? 모처럼 오셨다가 반찬은 없어도 저녁이나 잡수셔요." 하고 아내가 만류를 하니,

"아니 곧 가야 돼. 오늘 저녁차로 떠날 것이니까 가서 짐을 매

어야지. 아직 차 시간이 멀었어? 아니 그래도 정거장에 일찍 나가야지 만일 기차를 놓치면 오죽 기다리실라구. 벌써 오늘 저녁 차로 간다고 편지까지 했는데……."

재삼 만류함도 돌아보지 아니하고 그는 홀홀히 나간다. 우리는 그를 보내고 방에 들어왔다.

나는 웃으며 아내에게,

"그까짓 것이 기다리는데 그다지 급급히 갈 것이 무엇이야."

아내는 하염없이 웃을 뿐이었다.

"그래도 옷감 바꿀 돈을 주었으니 기다리는 것이 애처롭기는 하겠지."

밉살스러우니, 추근추근하니 하여도 물질의 만족만 얻으면 그것으로 위로하고 기뻐하는 그의 생활이 참 가련하다 하였다.

"참 그런가 보아요."

아내도 웃으며 내 말을 받는다. 이때에 처형이 사준 신이 그의 눈에 띄었는지(혹은 나를 꺼려 보고 싶은 것을 참았는지 모르나) 그것을 집어 들고 조심조심 펴보려다가 말고 머뭇머뭇한다. 그 속에 그를 해(害)케 할 무슨 위험품이나 든 것같이.

"어서 펴보구려."

아내가 하도 머뭇머뭇하기로 보다 못하여 내가 최촉[33]을 하였다.

아내는 이 말을 듣더니, '작히 좋으랴.' 하는 듯이 활발하게 싼 신문지를 헤친다.

"퍽 이쁜걸요."

그는 근일에 드문 기쁜 소리를 치며 방바닥 위에 사뿐 내려놓고 버선을 당기며 곱게 신어 본다.

"어쩌면 이렇게 맞어요!"

연해연방 감탄사를 부르짖는 그의 얼굴에 흔연한 희색[34]이 넘쳐흐른다.

"……."

묵묵히 아내의 기뻐하는 양을 보고 있는 나는 또다시, '여자란 할 수 없어!' 하는 생각이 들며, '조심하였을 따름이다!' 하매 밤빛 같은 검은 그림자가 가슴을 어둡게 하였다. 그러면 아까 처형의 옷감을 볼 적에도 물론 마음속으로는 부러워하였을 것이다. 다만 표면에 드러내지 않았을 따름이다. 겨우, '어서 펴보구려.' 하는 한마디에 가슴에 숨겼던 생각을 속임 없이 나타내는구나 하였다.

내가 무엇을 생각하고 있는지 저는 모르고 새 신 신은 발을 조금 쳐들며,

"신 모양이 어때요?"

"매우 이뻐!"

겉으로는 좋은 듯이 대답을 하였으나 마음은 쓸쓸하였다. 내가 제게 신 한 켤레를 사주지 못하여 남에게 얻은 것으로 만족하고 기뻐하는도다.

웬일인지 이번에는 그만 불쾌한 생각이 일어나지 아니하였다. 처형이 동서를 밉다거니 무엇이니 하면서도 기차를 놓치면 남편이 기다릴까 염려하여 급히 가던 것이 생각난다. 그것을 미루어

아내의 심사도 알 수가 있다. 부득이한 경우라 하릴없이 정신적 행복에만 만족하려고 애를 쓰지마는 기실[35] 부족한 것이다. 다만 참을 따름이다. 그것은 내가 생각해야 된다. 이런 생각을 하니 전날 아내에게 그런 말을 한 것이 후회가 난다.

'어느 때라도 제 은공을 갚아 줄 날이 있겠지!'

나는 마음을 좀 너그럽게 먹고 이런 생각을 하며 아내를 보았다.

"나도 어서 출세를 하여 비단신 한 켤레쯤은 사주게 되었으면 좋으련만……."

아내가 이런 말을 듣기는 참 처음이다.

"네에?"

아내는 제 귀를 못 미더워하는 듯이 의아한 눈으로 나를 보더니 얼굴에 살짝 열기가 오르며,

"얼마 안 되어 그렇게 될 것이야요!"

라고 힘있게 말하였다.

"정말 그럴 것 같소?"

나는 약간 흥분히여 빈문하였다.

"그러문요, 그렇고말고요."

아직 아무도 인정해 주지 않은 무명작가인 나를 다만 저 하나가 깊이깊이 인정해 준다. 그러기에 그 강한 물질에 대한 본능적 요구도 참아 가며 오늘날까지 몹시 눈살을 찌푸리지 아니하고 나를 도와 준 것이다.

'아아, 나에게 위안을 주고 원조를 주는 천사여!'

마음속으로 이렇게 부르짖으며 두 팔로 덥썩 아내의 허리를 잡아 내 가슴에 바싹 안았다. 그 다음 순간에는 뜨거운 두 입술이…… 그의 눈에도 나의 눈에도 그렁그렁한 눈물이 물끓듯 넘쳐흐른다.

술 권하는 사회

"아이그, 아야."

홀로 바느질을 하고 있던 아내는 얼굴을 살짝 찌푸리고
가늘고 날카로운 소리로 부르짖었다.

바늘 끝이 왼손 엄지손가락 손톱 밑을 찔렀음이다.

그 손가락은 가늘게 떨며 하얀 손톱 밑으로 앵두빛 같은 피가 비친다.

그것을 볼 사이도 없이 아내는 얼른 바늘을 빼고,

다른 손 엄지손가락으로 그 상처를 누르고 있다.

"아이그, 아야."

홀로 바느질을 하고 있던 아내는 얼굴을 살짝 찌푸리고 가늘고 날카로운 소리로 부르짖었다. 바늘 끝이 왼손 엄지손가락 손톱 밑을 찔렀음이다. 그 손가락은 가늘게 떨며 하얀 손톱 밑으로 앵두빛 같은 피가 비친다. 그것을 볼 사이도 없이 아내는 얼른 바늘을 빼고, 다른 손 엄지손가락으로 그 상처를 누르고 있다. 그러면서 하던 일가지를 팔꿈치로 고이고이 밀어 내려놓았다. 이윽고 눌렀던 손을 떼어 보았다. 그 언저리는 인제 다시 피가 아니 나려는 것처럼 혈색이 없다. 하더니, 그 희던 꺼풀 밑에 다시금 꽃물이 차츰차츰 밀려온다. 보일 듯 말 듯한 그 상처로부터 좁쌀낟 같은 핏방울이 송송 솟는다. 또 아니 누를 수 없다. 이만하면 그 구멍이 아물었으려니 하고 손을 떼면 또 얼마 아니 되어

술 권하는 사회

피가 비치어 나온다.

인제 헝겊 오락지[1]로 처매는 수밖에 없다. 그 상처를 누른 채 그는 바느질고리에 눈을 주었다. 거기 쓸 만한 오락지는 실패 밑에 있다. 그 실패를 밀어내고 그 오락지를 두 새끼손가락 사이에 집어 올리려고 한동안 애를 썼다. 그 오락지는 마치 풀로 붙여둔 것같이 고리 밑에 착 달라붙어 세상 잡혀지지 않는다. 그 두 손가락은 헛되이 그 오락지 위를 긁적거리고 있을 뿐이다.

"왜 집혀지지를 않아!"

그는 마침내 울 듯이 부르짖었다. 그리고 그것을 집어줄 사람이 없나 하는 듯이 방안을 둘러보았다. 방안은 텅 비어 있다. 어느 뉘 하나 없다. 호젓한 허영(虛影)만 그를 휩싸고 있다. 바깥도 죽은 듯이 고요하다. 시시로 퐁퐁 하고 떨어지는 수도의 물방울 소리가 쓸쓸하게 들릴 뿐, 문득 전등불이 광채를 더하는 듯하였다. 벽상에 걸린 패종의 거울이 번들하며, 새로 한 점을 가리키려는 시침이 위협하는 듯이 그의 눈을 쏜다. 그의 남편은 그때껏 돌아오지 않았었다.

아내가 되고 남편이 된 시는 벌써 오랜 일이다. 어느덧 칠팔 년이 지내었으리라. 하건만 같이 있어 본 날을 헤아리면 단 일 년이 될락 말락 한다. 막 그의 남편이 서울서 중학을 마쳤을 제 그와 결혼하였고, 그러자마자 그만 동경에 부급(負笈)[2]한 까닭이다. 거기서 대학까지 졸업을 하였었다. 이 길고 긴 세월에 아내는 얼마나 괴로웠으며 외로웠으랴! 봄이면 봄, 겨울이면 겨울, 웃는 꽃을 한숨으로 맞았고 얼음 같은 베개를 뜨거운 눈물로 덥히었다. 몸이 아플 제, 마음이 쓸쓸할 제, 얼마나 그가 그리웠으랴! 하건만 아내는 이 모든 고생을 이를 악물고 참았었다. 참을 뿐이 아니라 달게 받았었다. 그것은 남편이 돌아오기만 하면! 하는 생각이 그에게 위로를 주고 용기를 준 까닭이었다. 남편이 동경에서 무엇을 하고 있나? 공부를 하고 있다. 공부가 무엇인가? 자세히는 모른다. 또 알려고 애쓸 필요도 없다. 어찌하였든지 이 세상에 제일 좋고 제일 귀한 무엇이라 한다. 마치 옛날이야기에 있는 도깨비의 부자 방망이 같은 것이어니 한다. 옷 나오라면 옷 나오고, 밥 나오라면 밥 나오고, 돈 나오라면 돈 나오고…… 저 하고 싶은 무엇이든지 청해서 아니 되는 것이 없는 무엇을, 동경에서 얻어가지고 나오려니 하였었다. 가끔 놀러오는 친척들의 비단 옷 입은 것과 금지환(金指環)³⁾ 낀 것을 볼 때에 그 당장엔 마음 그윽이 부러워도 하였지만 나중엔

"남편만 돌아오면—!"

하고 그것에 경멸하는 시선을 던지었다.

남편이 돌아왔다. 한 달이 지나가고 두 달이 지나간다. 남편의 하는 행동이 자기의 기대하던 바와 조금 배치되는 듯하였다. 공부 아니 한 사람보다 조금도 다른 것이 없었다. 아니다. 다르다면 다른 점도 있다. 남은 돈벌이를 하는데 그의 남편은 도리어 집안 돈을 쓴다. 그러면서도 어디인지 분주히 돌아다닌다. 집에 들면 정신없이 무슨 책을 보기도 하고, 또는 밤새도록 무엇을 쓰기도 하였다.

'저러는 것이 참말 부자 방망이를 맨드는 것인가 보다.'

아내는 스스로 이렇게 해석한다.

또 두어 달 지나갔다. 남편의 하는 일은 늘 한 모양이었다. 한 가지 더한 것은 때때로 깊은 한숨을 쉬는 것뿐이었다. 그리고 무슨 근심이 있는 듯이 얼굴을 펴지 않았다. 몸은 나날이 축이 나간다.

'무슨 걱정이 있는고?'

아내는 따라서 근심을 하게 되었다. 하고는 그 여윈 것을 보충하려고 갖가지로 애를 썼다. 곧 될 수 있는 대로 그의 밥상에 맛난 반찬 가지를 붙게 하며 또 곰⁴⁾ 같은 것도 만들었다. 그런 보람도 없이 남편은 입맛이 없다 하며 그것을 잘 먹지도 않았다.

또 몇 달 지나갔다. 인제 출입을 뚝 끊고 늘 집에 붙어 있다. 걸핏하면 성을 낸다. 입버릇 모양으로 화난다, 화난다 하였다.

어느 날 새벽, 아내가 어렴풋이 잠을 깨어, 남편의 누웠던 자리를 더듬어 보았다. 쥐이는 것은 이불자락뿐이다. 잠결에도 조금 실망을 아니 느낄 수 없었다. 잃은 것을 찾으려는 것처럼, 눈을 부스스 떴다. 책상 위에 머리를 쓰러뜨리고, 두 손으로 그것을 움켜쥐고 있는 남편을 보았다. 흐릿한 의식이 돌아옴에 따라 남편의 어깨가 들썩들썩 움직임도 깨달았다. 흑 흑 느끼는 소리가 귀를 울린다. 아내는 정신을 바짝 차리었다. 불현듯이 몸을 일으켰다. 이윽고 아내의 손은 가볍게 남편의 등을 흔들며, 목에 걸리고 나오지 않은 소리로,

"왜 이러고 계셔요."

라고 물어보았다.

"……."

남편은 아무 대답이 없다. 아내는 손으로 남편의 얼굴을 괴어 들려고 할 즈음에, 그것이 뜨뜻하게 눈물에 젖는 것을 깨달았다.

또 한 두어 달 지나갔다. 처음처럼 다시 출입이 자주로웠다. 구역이 날 듯한 술 냄새가 밤늦게야 돌아오는 남편의 입에서 나게 되었다. 그것은 요사이 일이다. 오늘 밤에도 지금까지 돌아오지 않았다. 초저녁부터 아내는 별별 생각을 다 하면서 남편을 고대 고대하고 있었다. 지루한 시간을 속히 보내려고 치웠던 일가지를 또 꺼내었었다. 그것조차 뜻같이 아니 되었다. 때때로 바늘은 헛되이 움직이었다. 마침내 그것에 찔리고 말았다.

"어데를 가서 이때껏 오시지 않아!"

아내는 이제 아픈 것도 잊어버리고 짜증을 내었다. 잠깐 그를 떠났던 공상과 환영이 다시금 그의 머리에 떠돌기 시작하였다. 이상한 꽃을 수놓은, 흰 보 위에 맛난 요리를 담은 접시가 번쩍인다. 여러 친구와 술을 권커니 작커니 하는 광경이 보인다. 어떤 기생년이 애교가 흐르는 웃음을 띠고, 살근살근 제 남편에게로 다가드는 꼴이 보인다. 그의 남편은 미친 듯이 껄껄 웃는다. 나중에는 검은 휘장이 스르르 덮이는 듯이 그 모든 것이 사라져 버리더니 낭자한 요리상만이 보이기도 하고, 술병만 희게 빛나기도 하고, 아까 그 기생이 한 팔로 땅을 짚고 진저리를 쳐가며 웃는 꼴이 보이기도 하였다. 또한 남편이 길바닥에 쓰러져 우는 것도 보이었다.

"문 열어라!"

문득 대문이 덜컥 하고 혀가 꼬부라진 소리로 부르는 듯하였다.

"네."

저도 모르게 대답을 하고 급히 마루로 나왔다. 잘못 신은, 발에 아니 맞는 신을 질질 끌면서 대문으로 달렸다. 중문은 아직 잠그지도 않았고 행랑방에 사람이 없지 않지마는 으레 깊은 잠에 떨어졌을 줄 알고 자기가 뛰어나감이었다. 가느름한 손이 어둠 속에서 희게 빗장을 잡고 한참 실랑이를 한다. 대문은 열렸다.

밤바람이 선득하게 얼굴에 앉힌다. 문 밖에는 아무도 없다! 온 골목에 사람의 그림자도 볼 수 없다. 검푸른 밤빛이 허연 길 위에 그들그들 깃들었을 뿐이었다.

아내는 무엇에 놀란 사람 모양으로 한참 멀거니 서 있었다. 문득 급거히[5] 대문을 닫친다. 마치 그 열린 사이로 악마나 들어올 것처럼.

"그러면 바람 소리였구면."

하고 싸늘한 뺨을 쓰다듬으며, 해쭉 웃고 발길을 돌리었다.

"아니 내가 분명히 들었는데…… 혹 내가 잘못 보지를 않았나?…… 길바닥에나 쓰러져 있었으면 보이지도 않을 터야……."

중문간까지 다다르자 별안간 이런 생각이 그의 걸음을 멈추게 하였다.

"대문을 또 좀 열어볼까?…… 아니야, 내가 헛들었지…… 그래도 혹…… 아니야, 내가 헛들었지."

망설거리면서도 꿈꾸는 사람 모양으로, 저도 모를 사이에 마루까지 올라왔다. 매우 기묘한 생각이 번개같이 그의 머리에 번쩍인다.

"내가 대문을 열었을 제 나 몰래 들어오지나 않았나……?"

과연 방안에 무슨 소리가 나는 것 같았다. 확실히 사람의 기척이 있다. 어른에게 꾸중 모시러 가는 어린애처럼 조심조심 방문 앞에 왔다. 그리고 문간 아래로 손을 대며 하염없이 웃는다. 그것은 제 잘못을 용서해 줍시사 하는 어린애 같은 웃음이었다. 조심조심 방문을 열었다. 이불이 어쩨 움직움직하는[6] 듯하였다.

'나를 속이려고 이불을 쓰고 누웠구먼.'

하고 마음속으로 소곤거렸다. 가만히 내려앉는다. 그 모양이 이것을 건드려서는 큰일이 나지요 하는 듯하였다. 이불을 펄쩍 쳐들었다. 빈 요가 하얗게 드러난다. 그제야 확실히 아니 온 줄 안 것처럼,

"아니 왔구먼, 안 왔어!"

라고 울 듯이 부르짖었다.

남편이 돌아오기는 새로 두 점이 훨씬 지난 뒤였다. 무엇이 털썩 하는 소리가 들리고 잇달아,

"아씨, 아씨!"

라고 부르는 소리가 귀를 때릴 때에야 아내는 비로소 아직도 앉았을 자기가 이불 위에 쓰러져 있음을 깨달았다. 기실, 잠귀 어두운 할멈이 대문을 열었으리만큼 아내는 깜박 잠이 깊이 들

었었다. 하건만 그는 몽경에서 방황하는 정신을 당장에 수습하였다. 두어 번 얼굴을 쓰다듬자마자 불현듯 밖으로 나왔다.

남편은 한 다리를 마루 끝에 걸치고 한 팔을 베고 옆으로 누워 있다. 숨소리가 씨근씨근 한다.

막 구두를 벗기고 일어난 할멈은 검붉은 상을 찡그려 붙이며,

"어서 일어나 방으로 들어가세요."

라고 한다.

"응, 일어나지."

'나리'는 혀를 억지로 돌리어 코와 입으로 대답을 하였다. 그래도 몸은 꿈적도 않는다. 도리어 그 개개풀린 눈을 자려는 것처럼 스르르 감는다. 아내는 눈만 비비고 서 있다.

"어서 일어나셔요. 방으로 들어가시라니까."

이번에는 대답조차 아니 한다. 그 대신, 무엇을 잡으려는 것처럼 손을 내어젓더니,

"물, 물! 냉수를 좀 주어."

라고 중얼거렸다.

할멈은 얼른 물을 떠다 이취사(泥醉者)의 코밑에 놓았건만, 그 사이에 벌써 아까 청(請)을 잊은 것같이 취한 이는 물을 먹으려고도 않는다.

"왜 물을 아니 잡수셔요?"

곁에서 할멈이 깨우쳤다.

"응 먹지 먹어."

하고, 그제야 주인은 한 팔을 짚고 고개를 든다. 한꺼번에 물

한 대접을 다 들이켜 버렸다. 그리고는 또 쓰러진다.

"에그, 또 눕네."

하고, 할멈은 우물로 기어드는 어린애를 안으려는 모양으로 두 손을 내어민다.

"할멈은 고만 가 자게."

주인은 귀치않다 하는 듯이 말을 한다.

이를 어찌해, 하는 듯이 멀거니 서 있는 아내도, 할멈이 그만 갔으면 하였다. 남편을 붙들어 일으킬 생각이야 간절하지마는, 할멈 보는데 어찌 그럴 수 없는 것 같았다. 혼인한 지가 칠팔 년이 되었으니 그런 파수(破羞)⁸⁾야 되었으련만 같이 있어 본 날을 꼽아보면 그는 아직 갓 시집 온 색시였다.

"할멈은 가 자게."

란 말이 목까지 올라왔지만 입술에서 사라지고 말았다. 마음 그윽이 할멈이 돌아가기만 기다릴 뿐이었다.

"좀 일으켜드려야지."

가기는커녕, 이런 말을 하고, 할멈은 선웃음을 치면서 마루로 부득부득 올라온다. 그 모양은 마치 주인 나리가 약주가 취하시거든 방에까지 모셔다드려야 제 도리에 옳지요 하는 듯하였다.

"자아, 자아."

할멈은 아씨를 보고 히히 웃어가며, 나리의 등 밑으로 손을 넣는다.

"왜 이래, 왜 이래. 내가 일어날 터야."

하고, 몸을 움직이더니, 정말 주인이 부스스 일어난다. 마루를

쾅쾅 눌러 디디며 비틀비틀 곧 쓰러질 듯한 보조(步調)⁹⁾로 방문을 향하여 걸어간다. 와지끈 하며 문을 열어젖히고는 방안으로 들어간다. 아내도 뒤따라 들어왔다. 할멈은 중문 턱을 넘어설 제, 몇 번 혀를 차고는 저 갈 데로 가버렸다.

벽에 엇비슷하게 기대어 있는 남편은 무엇을 생각하는 듯이 고개를 숙이고 있다. 그의 말라붙은 관자놀이에 펄떡거리는, 푸른 맥을 아내는 걱정스럽게 바라보면서 남편 곁으로 다가온다. 아내의 한 손은 양복 깃을, 또 한 손은 그 소매를 잡으며 화한 목성으로,

"자아, 벗으셔요."

하였다.

남편은 문득 미끄러지는 듯이 벽을 타고 내려앉는다. 그의 쭉 뻗친 발끝에 이불자락이 저리로 밀려간다.

"에그, 왜 이리 하셔요? 벗자는 옷은 아니 벗으시고."

그 서슬에 넘어질 뻔한 아내는 애달프게 부르짖었다. 그러면서도 같이 따라 앉는다. 그의 손은 또 옷을 잡았다.

"옷이 구겨집니다. 제발 좀 벗으셔요."

라고 아내는 애원을 하며, 옷을 벗기려고 애를 쓴다. 하나, 취한 이의 등이 천근같이 벽에 척 들러붙었으니 벗겨질 리(理)가 없다. 애를 쓰다 쓰다 옷을 놓고 물러앉으며,

"원 참, 누가 술을 이처럼 권하였노?"

라고 짜증을 낸다.

"누가 권하였노? 누가 권하였노? 흥 흥."

남편은 그 말이 몹시 귀에 거슬리는 것처럼 곱삶는다.

"그래, 누가 권했는지 마누라가 좀 알아내겠소?"

하고 낄낄 웃는다. 그것은 절망의 가락을 띤 쓸쓸한 웃음이었다. 아내도 따라 방긋 웃고는 또 옷을 잡으며,

"자아, 옷이나 먼지 벗으셔요. 이야기는 나중에 하지요. 오늘 밤에 잘 주무시면 내일 아침에 알려드리지요."

"무슨 말이야, 무슨 말이야? 왜 오늘 일을 내일로 미루어? 할 말이 있거든 지금 해!"

"지금은 약주가 취하셨으니, 내일 약주가 깨시거든 하지요."

"무엇? 약주가 취해서?"

하고 고개를 쩔레쩔레 흔들며,

"천만에, 누가 술이 취했단 말이오? 내가 공연히 이러지, 정신은 말뚱말뚱 하오. 꼭 이야기하기 좋을 만해. 무슨 말이든지……자아."

"글쎄, 왜 못 잡수시는 약주를 잡수셔요? 그러면 몸에 축이 나지 않아요?"

하고 아내는 남편의 이마에 흐르는 진땀을 씻는다.

이취자는 머리를 흔들며,

"아니야, 아니야, 그런 말을 듣자는 것이 아니야."

하고 아까 일을 추상하는 것처럼 말을 끊었다가 다시금 말을 이어,

"옳지, 누가 나에게 술을 권했단 말이오? 내가 술이 먹고 싶어서 먹었단 말이오?"

"자시고 싶어 잡수신 건 아니지요. 누가 당신께 약주를 권하는지 내가 알아낼까요? 저…… 첫째는 화증이 술을 권하고, 둘째는 하이칼라가 약주를 권하지요."

아내는 살짝 웃는다. 내가 어지간히 알아맞혔지요 하는 모양이었다.

남편은 고소(苦笑)[10]한다.

"틀렸소, 잘못 알았소. 화증이 술을 권하는 것도 아니고, 하이칼라가 술을 권하는 것도 아니오. 나에게 술을 권하는 것은 따로 있어. 마누라가 내가 어떤 하이칼라한테나 홀려 다니거나, 그 하이칼라가 늘 내게 술을 권하거니 하고 근심을 했으면, 그것은 헛걱정이지. 나에게 하이칼라는 아무 소용도 없소. 나의 소용은 술뿐이오. 술이 창자를 휘돌아, 이것저것을 잊게 맨드는 것을 나는 취(取)할 뿐이오."

하더니, 홀연 어조를 고쳐 감개무량하게,

"아아, 유위유망(有爲有望)[11]한 머리를 알코올로 마비 아니시킬 수 없게 하는, 그것이 무엇이란 말이오?"

하고, 긴 한숨을 내어쉰다. 물큰물큰한 술 냄새가 방안에 흩어진다.

아내에게는 그 말이 너무 어려웠다. 그만 묵묵히 입을 다물었다. 눈에 보이지 않는 무슨 벽이 자기와 남편 사이에 가리는 듯하였다. 남편과 말이 길어질 때마다 아내는 이런 쓰디쓴 경험을 맛보았다. 이런 일은 한두 번이 아니었다.

이윽고 남편은 기막힌 듯이 웃는다.

"흥 또 못 알아듣는군. 묻는 내가 그르지, 마누라야 그런 말을 알 수 있겠소. 내가 설명을 해 드리지. 자세히 들어요. 내게 술을 권하는 것은, 화증도 아니고, 하이칼라도 아니요, 이 사회란 것이 내게 술을 권한다오. 이 조선 사회란 것이 내게 술을 권한다오. 알았소? 팔자가 좋아서 조선에 태어났지, 딴 나라에 났더면 술이나 얻어먹을 수 있나……."

사회란 무엇인가? 아내는 또 알 수가 없었다. 어찌하였든, 딴 나라에는 없고 조선에만 있는 요릿집 이름이어니 한다.

"조선에 있어도, 아니 다니면 그만이지요."

남편은 또 아까 웃음을 재우친다. 술이 정말 아니 취한 것같이 또렷또렷한 어조로,

"허허, 기막혀. 그 한 분자 된 이상에 다니고 아니 다니는 게 무슨 상관이야? 집에 있으면 아니 권하고, 밖에 나가야 권하는 줄 아는가 보아. 그런 게 아니야. 무슨 사회란 사람이 있어서 밖에만 나가면 나를 꼭 붙들고 술을 권하는 게 아니야…… 무어라 할까…… 저어 우리 조선 사람으로 성립된 이 사회란 것이 내게 술을 아니 못 먹게 한단 말이오.…… 어째 그렇소?…… 또 내가 설명을 해드리지. 여기 회를 하나 꾸민다 합시다. 거기 모이는 사람 놈 치고 처음은 민족을 위하느니, 사회를 위하느니 그러는데, 제 목숨을 바쳐도 아깝지 않다 아니하는 놈이 하나도 없지. 하다가, 단 이틀이 못 되어, 단 이틀이 못되어……."

한층 소리를 높이며 손가락을 하나씩 둘씩 꼽으며,

"되지 못한 명예싸움, 쓸데없는 지위 다툼질, 내가 옳으니, 네

가 그르니, 내 권리가 많으니, 네 권리가 적으니…… 밤낮으로 서로 찢고 뜯고 하지, 그러니 무슨 일이 되겠소. 무슨 사업을 하겠소? 회(會)뿐이 아니라, 회사고 조합이고…… 우리 조선 놈들이 조직한 사회는 다 그 조각이지. 이런 사회에서 무슨 일을 한단 말이오? 하려는 놈이 어리석은 놈이야. 적이 정신이 바루 박힌 놈은 피를 토하고 죽을 수밖에 없지. 그렇지 않으면, 술밖에 먹을 게 도무지 없지. 나도 전자에는 무엇을 좀 해보겠다고 애도 써보았어. 그것이 모다 수포야. 내가 어리석은 놈이었지. 내가 술을 먹고 싶어 먹는 게 아니야. 요사이는 좀 낫지마는, 처음 배울 때에는 마누라도 알다시피 죽을 애를 썼지. 그 먹고 난 뒤에 괴로운 것이야, 겪어 본 사람이 아니면 알 수 없지. 머리가 지끈지끈 아프고, 먹은 것이 다 돌아 올라오고…… 그래도 아니 먹은 것 보담 나았어. 몸은 괴로워도 마음은 괴롭지 않았으니까. 그저 이 사회에서 할 것은 주정꾼 노릇밖에 없어……."

"공연히 그런 말 말아요. 무슨 노릇을 못해서 주정꾼 노릇을 해요! 남이라서……."

아내는 부지불식간에 흥분이 되어 열기 있는 눈으로 남편을 바라보고 불쑥 이런 말을 하였다. 그는 제 남편이 이 세상에 가장 거룩한 사람이어니 한다. 따라서 어느 뉘보다 제일 잘 될 줄 믿는다. 몽롱하나마 그의 목적이 원대하고 고상한 것도 알았다. 얌전하던 그가 술을 먹게 된 것은 무슨 일이 맘대로 아니 되어 화풀이로 그러는 줄도 어렴풋이 깨달았다. 그러나 술은 노상 먹을 것이 아니다. 그러면 패가망신하고 만다. 그러므로 하루바삐 그 화가 풀리었으면, 또다시 얌전하게 되었으면 하는 생각이 그의 머리를 떠날 때가 없었다. 그리고 그날이 꼭 올 줄 믿었었다. 오늘부터는, 내일부터는…… 하건만, 남편은 어제도 술이 취하였다. 오늘도 한 모양이다. 자기의 기대는 나날이 틀려간다. 좇아서 기대에 대한 자신도 엷어간다. 애달프고 원통한 생각이 가끔 그의 가슴을 누른다. 더구나 수척해 가는 남편의 얼굴을 볼 때에 그런 감정을 걷잡을 수 없었다. 지금 저도 모르게 흥분한 것이 또한 무리가 아니었다.

"그래도 못 알아듣네그려. 참, 사람 기막혀. 본정신 가지고는 피를 토하고 죽든지, 물에 빠져 죽든지 하지, 하루라도 살 수가 없단 말이야. 흉장(胸腸)이 막혀서[12] 못 산단 말이야. 에엣, 가슴 답답해."

라고 남편은 소리를 지르고 괴로워서 못 견디는 것처럼 얼굴을 찌푸리며 미친 듯이 제 가슴을 쥐어뜯는다.

"술 아니 먹는다고 흉장이 막혀요?"

남편의 하는 짓은 본체만체하고, 아내는 얼굴을 더욱 붉히며 부르짖었다.

그 말에 몹시 놀란 것처럼 남편은 어이없이 아내의 얼굴을 바라보더니 그 다음 순간에는 말할 수 없는 고뇌의 그림자가 그의 눈을 거쳐 간다.

"그르지, 내가 그르지. 너 같은 숙맥더러 그런 말을 하는 내가 그르지. 너한테 조금이라도 위로를 얻으려는 내가 그르지. 후후."

스스로 탄식한다.

"아아 답답해!"

문득 기막힌 듯이 외마디 소리를 치고는 벌떡 몸을 일으킨다. 방문을 열고 나가려 한다. 왜 내가 그런 말을 하였던고? 아내는 불시에 후회하였다. 남편의 저고리 뒷자락을 잡으며 안타까운 소리로,

"왜 어데로 가서요? 이 밤중에 어데를 나가서요? 내가 잘못하였습니다. 인제는 다시 그런 말을 아니 하겠습니다.…… 그러게 내일 아침에 말을 하자니까……."

"듣기 싫어, 놓아, 놓아요."

하고 남편은 아내를 떠다 밀치고 밖으로 나간다. 비틀비틀 마루 끝까지 가서는 털썩 주저앉아 구두를 신기 시작한다.

"에그, 왜 이리 하서요. 인제 다시 그런 말을 아니 한대도……."

아내는 뒤에서 구두 신으려는 남편의 팔을 잡으며 말을 하였다. 그의 손은 떨고 있었다. 그의 눈에는 담박에 눈물이 쏟아질 듯하였다.

"이건 왜 이래, 저리로 가!"

뱉는 듯이 말을 하고 휙 뿌리친다. 남편의 발길은 뚜벅뚜벅 중문에 다다랐다. 어느덧 그 밖으로 사라졌다. 대문 빗장소리가 덜컥 하고 난다. 마루 끝에 떨어진 아내는 헛되어 몇 번,

"할멈! 할멈!"

하고 불렀다. 고요한 밤공기를 울리는 구두 소리는 점점 멀어

간다. 발자취는 어느덧 골목 끝으로 사라져 버렸다. 다시금 밤은 적적히 깊어간다.

"가버렸구면, 가버렸어!"

그 구두소리를 영구히 아니 잃으려는 것처럼 귀를 기울이고 있는 아내는 모든 것을 잃었다 하는 듯이 부르짖었다. 그 소리가 사라짐과 함께 자기의 마음도 사라지고, 정신도 사라진 듯하였다. 심신이 텅 비어진 듯하였다. 그의 눈은 하염없이 검은 밤안개를 물끄러미 바라보고 있다. 그 사회란 독한 꼴을 그려보는 것 같이.

이 쓸쓸한 새벽바람이 싸늘하게 가슴에 부딪친다. 그 부딪치는 서슬에 잠 못 자고 피곤한 몸이 부서질 듯이 지긋하였다.

죽은 사람에게뿐, 볼 수 있는 해쓱한 얼굴이 경련적으로 떨며 절망한 어조로 소곤거렸다.

"그 몹쓸 사회가, 왜 술을 권하는고!"

할머니의 죽음

'조모주 병환 위독.'

삼월 그믐날 나는 이런 전보를 받았다.

이는 ××에 있는 생가에서 놓은 것이니

물론 생가 할머니의 병환이 위독하단 말이다.

병환이 위독은 하다 해도 기실 모나게 무슨 병이 있는 게 아니다.

벌써 여든을 둘이나 넘은 그 할머니는

작년 봄부터 시름시름 기운이 쇠진해서 가끔 가물가물……

'**조**모주 병환 위독.'

삼월 그믐날 나는 이런 전보를 받았다. 이는 ××에 있는 생가에서 놓은 것이니 물론 생가 할머니의 병환이 위독하단 말이다. 병환이 위독은 하다 해도 기실 모나게 무슨 병이 있는 게 아니다. 벌써 여든을 둘이나 넘은 그 할머니는 작년 봄부터 시름시름 기운이 쇠진해서 가끔 가물가물하기 때문에 그 동안 자손들로 하여금 한두 번 바쁜 걸음을 많이 치게 하였다.

그 할머니의 오 년 맏이인 양조모는 갑자기 울기 시작하였다.

"아이고— 이승에서는 다시 못 보겠다. 동서라도 의로 말하면 친형제나 다름이 없었다 — 육십 년을 하로같이[1] 어데 뜻 한번 거슬려 보았을까—."

연해연방 이런 넋두리를 섞어 가며 양조모는 울었다. 운다 하

할머니의 죽음

여도 눈 가장자리가 붉어지고 목소리가 떨릴 뿐이었다. 워낙 연만한[2] 그는 제법 울음답게 울 근력조차 없었다.

"그래도 그 할머님은 팔자가 좋으시다. 자손이 늘은 듯하고— 아이고."

끝으로 이런 말을 하며 울음이 한숨으로 변하였다. 자기가 너무 수(壽)한 까닭으로 외동자들을 앞세워 원(怨)이 되고 한이 되어 노상 자기의 생을 저주하는 그는 아들이 둘(본래 셋이더니 그중에 중부(仲父)가 일찍이 돌아갔다), 직손자가 여덟이나 되는 그 할머니를 언제든지 부러워하였다.

"지금 돌아가시면 호상(好喪)이지. 아드님이 백발이 허연데—."

라고, 양모(養母)도 맞방망이를 치며 눈을 멍하게 뜬다. 나도 과연 그렇기도 하겠다 싶었다.

나는 그날 밤차로 ××를 향하고 떠났다.

새로 석 점이 지나 기차를 내린 나는 벌써 돌아가시나 않았나고, 염려를 마지않으며 캄캄한 좁은 골목을 돌아들어 생가의 삽짝[柴扉][3] 가까이 디다를 제 곡성이 나는 듯 나는 듯하여 마음이 조마조마하였다. 하건만 다행히 그 불길한 소리가 들리지 않았다. 삽짝은 빠끔히 열려 있었다.

마당에 들어서니 추녀 끝에 달린 그름[4] 앉은 괘등(掛燈)이 간반밖에 아니 되는 마루와 좁직한 뜰을 쓸쓸하게 비쳐 있었다. 우물 둑과 장독간의 사이에 위는 거적으로 덮고 양 가는 삿자리로 두른 울막을 보고 나는 가슴이 덜컥하고 내려앉았다. 상청(喪

廳)⁵⁾이 아닌가—.

그러나 나는 어림의 짐작은 틀리었다. 마루에 올라선 내가 안방, 아랫방에서 뛰어나온 잠 못 잔 피로한 얼굴들에게 이끌리어 할머니의 거처하는 단칸 건넌방으로 들어가니 할머니는 까라진 듯이 아랫목에 누웠으되 오히려 숨은 붙어 있었다. 그 앞에 앉은 나를 생선의 그것 같은 흐릿한 눈자위로 의아롭게 바라본다.

"얘가 누구입니까. 어머니, 얘가 누구입니까?"

예안 이씨(禮安李氏)로, 예절 알기와 효성 있기로 집안 중에 유명한 중모(仲母)⁶⁾는 나를 가리키며 병자의 귀에 대고 부르짖었다.

"몰라—."

"환자는 담이 그르렁그르렁하면서 귀찮은 듯이 대꾸하였다.

"제가 누구입니까? 할머니!"

나는 그 검버섯이 어룽어룽한 뼈만 남은 손을 만지며 물어보았다. 나의 소리는 떨리었다.

"저를 모르시겠습니까? 제가 ○○이 아닙니까?"

"응, 네가 ○○이냐—."

우는 듯이 이런 말을 하고 그윽하나마 내가 잡은 손에 힘을 주는 듯하였다. 그 개개풀린 눈동자 가운데도 반기는 빛이 역력히 움직였다.

할머니의 병환이 어젯밤에는 매우 위중해서 모두 밤새움을 한 일, 누구누구 자손을 찾던 일, 그 중에 내 이름도 부르던 일, 지금은 한결 돌린 일— 온갖 것을 중모는 나에게 가르쳐 주었다.

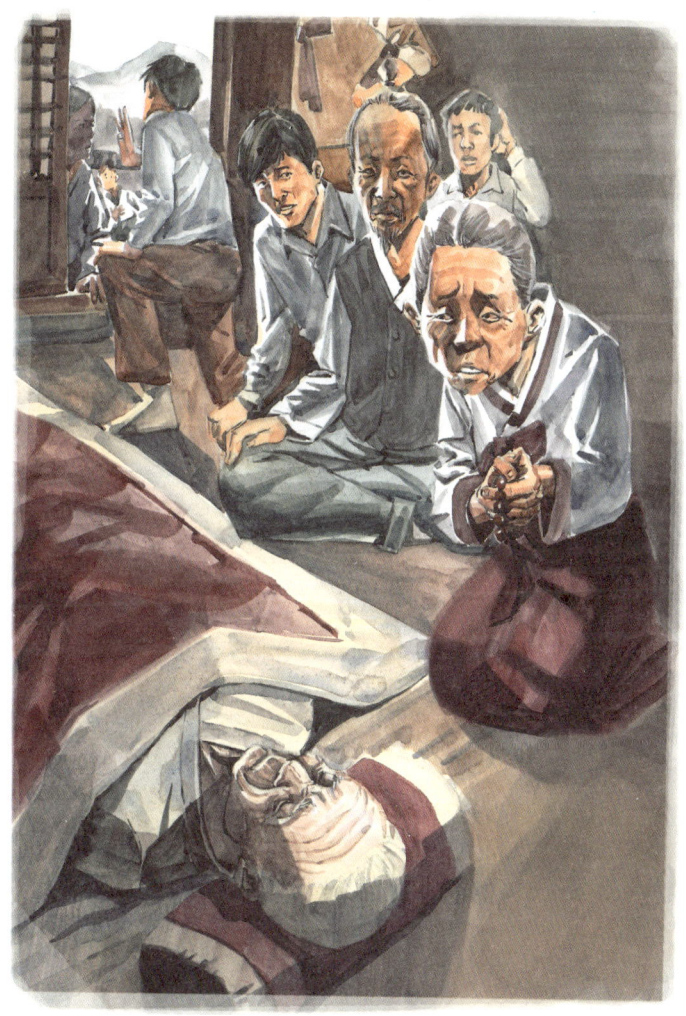

나는 그날 밤을 누울락 앉으락, 깰락 졸락 할머니 곁에서 밝히었다. 모였던 자손들이 제각기 돌아간 뒤에도 중모만은 할머니 곁을 떠나지 않았다. 불교의 독신자인 그는 잠 오는 눈을 비비기도 하고 기침으로 목청을 가다듬기도 하면서 밤새도록 염불을 그치지 않았다. 그 소리는 적적한 새벽녘에 해가(薤歌)[7]와 같이 처량히 들렸다. 나는 새삼스럽게 그 효심의 지극함과 그 정서의 놀라움에 탄복하였다.

아침저녁으로 각지에 흩어져 있는 자손들이 모여들기 시작하였다. 방이라야 단지 셋밖에 없는데, 안방은 어머니, 형수들이 점령하고, 뜰아랫방 하나 있는 것은 아버지, 삼촌, 당숙들에게 빼앗긴 우리 젊은이패— 사류촌 형제들은 밤이 되어도 단 한 시간을 눈 붙일 곳이 없었다. 이웃집과 누누이 교섭한 끝에 방 한 칸을 빌려서 번 차례로 조금씩 쉬기로 하였다. 이 짧은 휴식이나마 곰부임부[8] 교란되었나니 그것은 십 분들이로 집에서 불러들이는 까닭이다. 아버지와 삼촌네들의 큰 심부름, 잔심부름도 적지 않았지만 할머니 곁에 혼자 앉은 중모의 꾸준한 명령일 때가 많았다. 더욱이 밤새 한 시에나 두시에나 간신히 잠을 들어 꿀보다 더 단잠이 온몸에 나른하게 퍼진 새벽녘에 우리는 끄들리어 일어나는 수밖에 없었다.

"할머니 병환이 이렇듯 위중하신데 너희는 태평 치고 잠을 잔단 말이냐?"

우리가 건넌방에 들어서면 그는 다짜고짜로 야단을 쳤다. 그 중에도 가장 나이 어리고 만만한 내가 이 꾸중받이가 되었다. 인정사정없는 그의 태도가 불쾌는 하였지만 도덕적 우월을 아는 우리는 대꾸 한마디 할 수 없었다.

"다들 뭐란 말이냐. 나는 한 달이나 밤을 새웠다. 며칠들이나 된다고."

졸음 오는 눈을 비비는 우리를 보고 그는 자랑스럽게 또 이런 꾸중도 하였다.

'놀라운 효성을 부리는 게 도무지 우리 야단칠 밑천을 장만하는 게로구나.'

나는 속으로 꿀꺽꿀꺽하며 이런 생각을 하였다.

한 번은 또 그의 명령으로 우리는 건넌방에 모여들었다. 그 방문은 열어젖히었는데 문지방 위에 할머니의 지팡이가 놓이고 그 밑에 또 신으시던 신이 놓여 있었다. 방안 할머니의 머리맡 벽에는 다라니(陀羅尼)⁹⁾가 걸려 있다.

'할머니가 운명을 하시나 부다!'

우리는 번개같이 이런 생각을 하며 할머니 곁으로 다가들었다. 그는 담을 그르렁거리며 혼혼(昏昏)히¹⁰⁾ 누워 있었다. 중모는 흐르는 눈물을 걷잡지 못하며, 그의 귀에 들이대고 울음소리로 아미타불과 지장보살을 구슬프게 부르짖고 있었다.

한동안 엄숙한 긴장이 여기 있었다. 모두 같은 일을 기대하면서.

십 분! 이십 분! 환자의 신상에는 아무 별증이 나타나지 않았다.

"아마, 잠이 드신 모양입니다."

이윽고 아버지가 이 긴장한 침묵을 깨뜨렸다. 그리고 중모를 향하여 ,

"잠 주무시게스리 염불을 고만 외십시오."

하고, 나가버렸다. 그 뒤를 따라 빽빽하게 들어섰던 자손들이 하나씩 둘씩 헤어졌다.

그래도 눈물을 섞어가며 염불을 마지 않던 중모가 얼마 뒤에 제물에 부처님 찾기를 그쳤다. 그리고 끝끝내 남아 있던 나에게 할머니가 중부가 왔다고 하던 일, 자기를 데리러 교군이 왔다던 일, 중모의 손을 잡아 비틀며 어서 가자고 야단을 치던 일을 이야기하였다. 그러다가 숨구멍에서 무엇이 꿀꺽하더니 그만 저렇게 정신을 잃으신 것을 설명해 듣기었다.

그날 저녁때에 할머니는 여상히[11] 깨어났었다. 이런 일이 한두 번이 아니었다. 몇 번이나 신과 지팡이가 놓였다 치웠다, 다라니가 벽에 걸리었다 떼었다 하였다. 그러는 동안에 자손의 얼굴은 자꾸자꾸 축이 나갔었다. 말하기는 안되었지만 모두 불언 중에[12] 할머니의 하루바삐 끝장나기를 기다리고 있었다. 관조차 맞추어서 칠까지 먹여 놓았다. 내가 처음 오던 날 상청이 아닌가고 놀라던 그 울막도 이 관을 놓아두려는 의지간[13]이었다.

그러하건만 할머니는 연해 한 모양으로 그물그물하다가 또 정신을 차리었다. 아니, 정신이 돌아오는 때가 도리어 많아간다. 자기 앞에 들어서는 자손들을 거의 틀림없이 알아맞히었다.

그리고 가끔 몸부림을 치면서 일으켜 달라고 야단을 쳤다. 이럴 때에 중모는 거북스럽게도 염불을 모시었다

"어머니 어머니, 가만히 계셔요. 가만히 계셔요."

그는 몸부림하는 할머니를 제지하면서 이렇게 타일렀다.

"저를 따라 염불을 뫼셔요. 나무아미타불, 나무아미타불."

"나 일어날란다."

"에그, 왜 그러셔요. 가만히 계셔요, 제발 덕분에. 나무아미타불, 나무아미타불―."

"나무아미타불, 나무아미타불."

할머니는 마지못하여 중모를 따라 두어 번 입술을 달싹달싹하더니 또 얼굴을 찡그리며 애원하는 어조로,

"인제 고만 뫼시고 날 좀 일으켜다고. 내 인제 고만 가련다."

"인제 가세요! 가만히 누워 가시지요. 왜 일어나시긴. 나무아미타불― 왕생극락― 나무아미타불―"

할머니는 귀찮아 못 견디겠다는 듯이 팔을 내어저으며,

"듣기 싫다! 염불 소리 듣기 싫다! 인제 고만 해라."

하며 몸을 일으키려고 애를 쓴다.

"그게 무슨 말씀입니까?"

중모는 질색을 하며 더욱 비징하게 부처님을 찾았다.

"듣기 싫다! 듣기 싫어. 나는 고만 갈 테야."

할머니는 또 이렇게 재우쳤다.

나는 이 광경을 보고 적이 의외의 감이 있었다.― 할머니는 중모보다 못하잖은 불교의 독신자이다. 몇 십 년을 하루같이 새벽마다 만수향[14]을 켜 놓고 염불 모시기를 잊지 않은 어른이다. 정신이 혼혼된 뒤에도 염주 담은 상자와 만수향만은 일일이 아랑

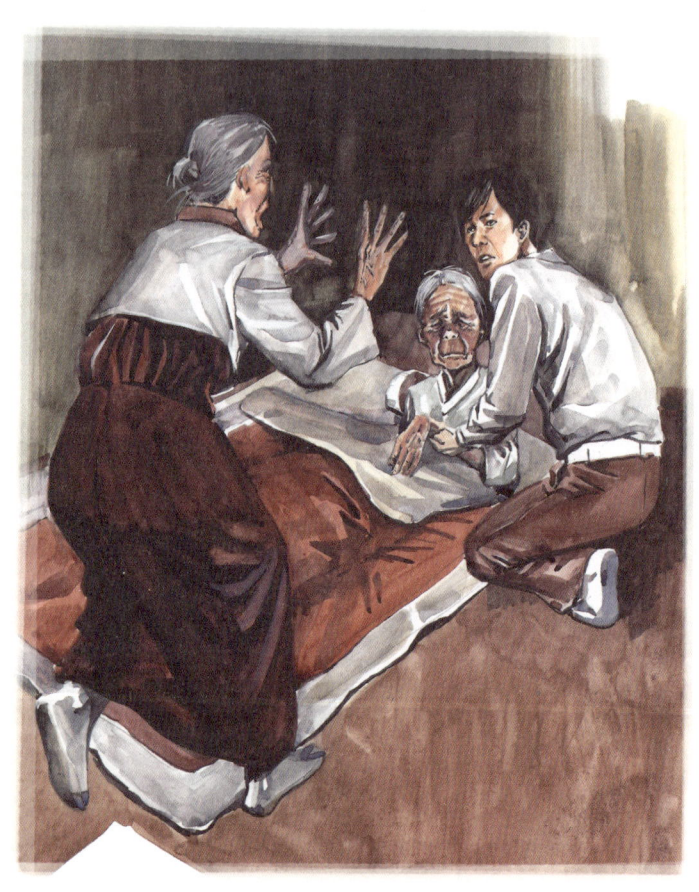

곳하던 어른이다.

　"……하로도 만수향을 세 갑 네 갑 켜시겠지. 금방 사다 드리면 세 개씩 네 개씩 당장 다 켜버리시고 또 안 사온다고 꾸중이시구나―."

　작년 가을, 내가 귀성하였을 제 계모가 웃으며 할머니의 노망 이야기를 하는 가운데 만수향 켜는 것을 그 하나로 헤아렸다.

　그러하던 할머니가 왜 지금 와서 염불을 듣기 싫다는가? 그다지 할머니는 일어나고 싶으신가? 죽어가면서도 일어나려는 이 본능 앞에는 모든 것이 권위를 잃는 것인가?

　"저렇게 일어나시려니 좀 일으켜드리지요."

　나는 보다 못해 이런 말을 하였다.

　"안 된다, 일으켜 드릴 수가 없다. 하도 저러시길래 한 번 일으켜드렸더니 어떻게 아파하시는지 차마 뵈올 수가 없었다."

　"어째 그래요?"

　나는 이렇게 반문하였다. 이 반문에 대한 중모의 설명은 더욱 놀란 것이었다.

　할머니가 작년 봄부터 맑은 정신을 잃은 결과에 늙은이가 어린애 된다고 뒤를 가리지 않게 되었다. 게다가 이 두어 달 전부터 무엇을 자꾸 청해 잡수시고 옷에고 요 바닥에 함부로 뒤를 보았다. 그것을 얼른 빨아드리지 못한 때문에 제풀에 뭉켜지고 말라붙은 데다가 뜨거운 불목에 데이어 궁둥이 언저리가 모두 벗겨졌다. 그러므로 일어나려면 그곳이 당기고 배기어 아파하는 것이라 한다.

이 말을 들은 나는 할머니를 모로 누이고 그 상처를 보았다. 그 자리는 손바닥 넓이만치나 빨갛게 단 쇠로 지진 듯이 시커멓게 벗겨졌는데 그 위에는 하얀 해가 징그럽게 끼었고 그 가장자리는 독기를 품고 아른아른히 부르터 올라 있다. 나는 차마 더 볼 수가 없었다.

이것이 무슨 일인가! 양조모, 양모가 부러워하던 늘은 듯한 자손은 다 무엇을 하고 우리 할머니를 이 지경이 되게 하였는가? 왜 자주 옷을 갈아입혀 드리며 빨아 드리지 못하였는가? 나는 이 직접 책임인 계모가 더할 수 없이 괘씸하였다.

그러나 가만히 생각해 보면 그를 그르다고도 할 수 없다. 위에도 말하였거니와 할머니가 이리 된 지는 하루 이틀이 아니다. 벌써 몇 달이 되었다. 이 긴 시일에 제 아무리 효부라 한들 하루도 몇 번을 흘리는 뒤를 그때 족족 빨아낼 수 없으리라. 더구나 밤에 그런 것이야 일일이 알 수도 없으리라. 하물며 계모는 시집오던 첫날밤부터 골머리를 앓으리만큼 큰 병객이다. 병명은 의원을 따라 혹은 변두머리[15]라고도 하고, 혹은 뇌진이라고도 하고, 혹은 선천부족(先天不足)이라고도 하였지마는 하나도 고쳐주지는 못하였다.

삼십이 될락 말락 하건만 육십이나 칠십이 다 된 노인 모양으로 주야장천 자리보전하고 누워 있는 터이다. 제 몸이 괴로우니 모든 것이 싫은 것이다. 그리고 나까지 아우르면 아버지 슬하에 아들만 넷이나 되건마는 지금 육십 노경에 받드는 어느 아들, 어느 며느리 하나 없다. 집안이 넉넉지 못한 탓으로, 사방에 흩어저서 제 입 풀칠하기에 눈코를 못 뜨는 까닭이다.

이 책임을 누구에게 돌릴까? 나는 알 수가 없었다. 쓴 물만 입 안에 돌 뿐이다.

그 후에 또 이런 일이 있었다. 어느 때 내가 할머니 곁에 갔을 적이었다. 할머니는 그 뼈만 남은 손으로 나의 손을 만지고 있었다.

"○○아, ○○아!"

할머니는 문득 나를 불렀다.

"인제는 다시 못 보겠다, 인제는 다시 못 보겠다."

"왜 그런 말씀을 하십니까?"

"인제 내가 안 죽니? 그런데 너 내 청 하나 들어주겠니."

"네? 무슨 말씀입니까?"

"나, 날 좀 일으켜다고."

나는 눈물이 날 듯이 감동하였다. 어찌 차마 이 청을 떼칠 건가. 나는 다짜고짜로 두 손을 할머니 어깨 밑으로 넣으려 하였다. 이것을 본 중모는 깜짝 놀라며 나를 말리었다.

"애, 네가 왜 또 그러니? 일으켜 드리면 아파하신대도 그 애가 그러네."

"그때 약을 사다 드렸으니 그 자리가 인제는 아물었겠지요."

나는 데었단 말을 듣던 그날 약 사다 드린 것을 생각하고 이런 말을 하였다.

"아니야, 아직 낫지 않았어. 오늘 아침에도 일으켜 드렸더니 몹시 아파하시더라."

나는 주춤하였다. 할머니의 앓는 것이 애처로웠음이다.

"어머니! 어머니! 가만히 누워 계셔요. 네? 일어나시면 아프십니다."

중모는 또 잔상히 타이르듯 말하였다. 할머니는 물끄러미 나와 중모를 번갈아 보시더니 단념한 듯이 눈을 감았다. 한참 앉아 있다가 나는 몸을 일으켰다. 이때에 할머니가 눈을 번쩍 뜨며 문득,

"어데를 가?"

라고 물었다. 나는 주춤 발길을 멈추었다.

할머니는 퀭한 눈으로 이윽고 나를 쳐다보더니 무엇을 잡을 듯이 손을 내어저으며 우는 듯한 소리로,

"서방님! 제발 나를 좀 일으켜주십시오. 서방님! 제발 나를 좀 일으켜 주십시오."

라고 부르짖었다.

"에그머니! 그게 무슨 말입니까? 그 애가 ㅇㅇ이 아닙니까? 서방님이 무엇이야요?"

중모는 바싹 할머니에게 다가들며 애처롭게 가르쳐드렸다. 이때 마침 할머니의 잡수실 배즙을 가지고 들어오던 둘째 형수가 무슨 구경거리나 생긴 듯이 안방을 향하고 외쳤다.

"에그, 할머니! 좀 보아요. 서울 아지버님더러 서방님! 서방님! 하십니다."

이 외침을 듣고 자부와 손부들은 모여들었다. 그들의 눈은 호기심에 번쩍이고 있었다.

나는 또 할머니의 청을 물리칠 수는 없었다. 그것이 어떠한 나쁜 영향을 초치[16]할지라도 아니 일으켜 드릴 수가 없었다.

그러나 할머니는 요 바닥 위로 반 자를 떠나지 못하여,

"아야야—."

라고 외마디 소리를 쳤다. 나는 얼른 들어올리던 손을 빼는 수밖에 없었다.

다시금 눕기 싫어하던 요 위에 누운 뒤에도 할머니는 앓기를 마지 않았다. 나는 적지 아니한 꾸중을 모시었다.

이윽고 조금 진정이 되더니만 또 팔을 내저으며 기를 쓰고 가슴을 덮은 이불자락을 자꾸자꾸 밀어 내리었다. 감기나 들까 염려하는 중모는 그것을 꾸준히 도로 집어 올리었다.

할머니는 손을 내어밀더니 이번에는 내 조끼 단추를 붙잡아 당기었다.

"왜 이리 하십니까? 단추를 빼란 말씀입니까?"

할머니는 고개를 끄덕이었다. 끄덕였다 하여도 끄덕이려는 의사를 보였을 뿐이었다. 나는 단추 한 개를 뺐다. 그래도 할머니는 자꾸 조끼의 단추와 씨름을 마지아니하였다. 나는 단추를 낱낱이 빼는 수밖에 없었다. 그러고 나니 그는 또 옷고름과 실랑이를 시작하였다.

"옷고름을 끄를까요?"

"응!"

나는 또 옷고름을 끌렀다. 끄른 뒤엔 할머니는 또 소매를 잡아당기었다.

"왜 이리 하서요?"

"버, 벗어라…… 답답지 않니?"

여기저기서 물어 멈추려고 애쓰는 웃음이 키키 하였다.

나는 경멸과 모욕의 시선을 그들에게 던지었다. 자기가 얼마나 답답하고 갑갑하기에 남의 단추 끼운 것과 옷고름 맨 것과 저고리 입은 것조차 답답해 보일 것이랴! 여기는 쓰디쓴 눈물과 살을 저미는 슬픔이 있어야 하겠거늘 이 기막힌 광경을 조소로 맞아야 옳을까?

나는 곧 그들에게 침이라도 뱉고 싶었다. 하되 나의 마음을 냉정하게 살펴본 즉 슬프다! 나에게는 그들을 모욕할 권리가 없었다. 형수들 앞에서 앞가슴을 풀어 젖히려는 할머니가 민망스럽기도 하고 딱하기도 하였다. 환자를 가엾다 생각하면서도 나의 속 어디인지 웃음이 움직인 것은 부정할 수 없는 사실이었다. 더구나 내가 젊은이 패가 모인 이웃집 방에 들어갔을 때 무슨 재미스러운 일이나 보고 온 사람 모양으로 득의양양히 이 이야기를 하고서 허리를 분질렀다―.

거기에서는 할머니의 병세에 대하여 의논이 분분하였다. 그들은 하나도 한가한 이가 없었다. 혹은 변호사, 혹은 은행원, 혹은 회사원으로 다 무한년하고[17] 있을 수 없는 형평이었다.

"나는 암만해도 내일은 좀 가 보아야 되겠는데…… 나는 그 전보를 보고 벌써 돌아가신 줄 알았어. 올 때에 친구들이 북포(北布)니 뭐니 부의(賻儀)를 주길래, 아직 돌아가시지도 않았는데 이게 웬일이냐 하니까, 그 사람들 말이 돌아가셔도 자손들에겐 그렇게 전보를 놓느니, 하데 그려. 그래 모두 받아 왔는데― 허허허―."

그 중에 제일 연장자로, 쾌활하고 말 잘하는 백형(伯兄)[18]은 웃음 섞어 이런 말을 하고 있었다.

"……암만해도 오늘내일 돌아가실 것 같지는 않는데…… 이거 큰일 났는 걸, 가는 수도 없고……"

"딴은 곧 돌아가실 것 같지는 않아……"

은행원으로 있는 육촌은 이렇게 맞방망이를 쳤다.

"의사를 불러서 진단을 해보는 것이 어떨까요?"

부산 방직회사에 다니는 사촌이 이런 제의를 하였다.

"옳지, 참 그래 보아야 되겠군."

아버지께 이 사연을 아뢰었다.

"시방 그물그물하시지 않나? 그러면 하여간 의원을 좀 불러올까?"

의원은 아버지와 절친한 김 주부를 청해 오기로 하였다.

갓을 쓴 그 의원은 얼마 아니 되어 미륵(彌勒) 같은 몸뚱이를 환자 방에 나타내었다. 매우 정신을 모으는 듯이 눈을 내리감고 한나절이나 진맥을 하더니 고개를 절레절레 흔들며 물러앉는다.

"매우 말씀하기 안 되었소마는 아마 오늘 밤 아니면 내일은 못 넘길 것 같소."

매우 말하기 어려운 듯이. 기실 조금도 말하기 어렵지 않은 듯이 그 의원은 최후의 판결을 언도하였다.

"글쎄 그래. 워낙 노쇠하셔서 오래 부지를 하실 수 없지……"

그러면 그렇지 하는 얼굴로 아버지는 맞방망이를 쳤다.

가려던 자손은 또 붙잡히었다. 그러나 할머니는 그날 저녁부터 한결 돌리었다. 가끔 잡수실 것을 찾기도 하였다. 잡숫는 건 고작해야 배즙, 국물에 만 한 술도 안 되는 진지였다. 죽과 미음은 입에 대기도 싫어하였다. 그리고 전일에 발라 드린 양약(洋藥)이 효험이 나서 상처가 아물었든지 자부와 손부에게 부축되어 꽤 오래 일어나 앉아 있게도 되었다.

그 이튿날이 무사히 지나가자 한의(韓醫)의 무지를 비소하고[19] 다른 것은 몰라도 환자의 수명이 어느 때까지 계속될 시간 아는 데 들어서는 양의(洋醫)가 나으리라는 우리 젊은 패의 주장네 의하여 ○○의원 원장으로 있는 천엽 의학사(千葉醫學士)를 불러오게 되었다.

그는 진찰한 결과에 다른 증세만 겹치지 않으면 이삼 주일은 무려(無慮)하리라[20] 하였다.

"그래, 그저 그럴 거야. 아직 괜찮으신데 백주에 서둘고 야단을 하였지."

하고 일이 바쁜 백형은 그날 밤으로 떠나갔다.

그 이튿날 아침이었다.

우리가 집에 돌아오니까 할머니 곁을 떠난 적 없는 중모가 마당에서 한가롭게 할머니의 뒤 흘린 바지를 빨고 있다가 웃는 낯으로 우리를 맞으며,

"할머님이 오늘 아침에는 혼자 일어나셨다. 시방 진지를 잡수시고 계시다. 어서 들어가 보아라."

나는 뛰어 들어갔다. 자부와 손부의 신기해 여기는 시선을 받으면서 할머니는 정말 진지를 잡숫고 있었다.

나는 빙글빙글 웃으며,

"할머니, 어떻게 일어나셨습니까?"

할머니는 합죽한 입을 오물오물하여 막 떠 넣은 밥 알맹이를 삼키고,

"내가 혼자 일어났지, 어떻게 일어나긴. 흉악한 놈들! 암만 일으켜 달라니 어데 일으켜 주어야지. 인제 나 혼자라도 일어난다."

하며 자랑스럽게 대답하였다.

"어제 의원이 왔지요. 인제 할머니가 곧 나으신대요."

"정말 낫겠다고 하든, 응?"

하고 검버섯 핀 주름을 밀며 흔연한²¹⁾ 웃음의 그림자가 오래간만에 그의 볼을 스쳤다.

나의 눈엔 어쩐지 눈물이 핑 돌았다.

그날 밤차로 모였던 자손들은 제각기 흩어졌다. 나도 그날 밤에 서울로 올라왔다.

어느 아름다운 봄날이었다. 말갛게 개인 하늘은 구름 한 점도 없고 아른아른한 아지랑이가 그 하늘거리는 깁 올로 봄 비단을 짜내는 어느 아름다운 봄날이었다. 나는 깨끗하게 춘복(春服)²²⁾을 차리고 친구 몇몇과 우이동 앵화(櫻花)²³⁾ 구경을 막 나가려던 때이었다. 이때에 뜻 아니한 전보 한 장이 닥치었다.

'오전 삼 시 조모주 별세.'

고 향

대구에서 서울로 올라오는 차중에서 생긴 일이다.
나는 나와 마주 앉은 그를 매우 흥미있게 바라보고 또 바라보았다.
두루마기 격으로 기모노를 둘렀고, 그 안에서 옥양목 저고리가
내어 보이며 아랫도리엔 중국식 바지를 입었다.
그것은 그네들이 흔히 입는 유지 모양으로 번질번질한
암갈색 피륙으로 지은 것이었다.
그리고 발은 감발을 하였는데 짚신을 신었고……

대구에서 서울로 올라오는 차중에서 생긴 일이다. 나는 나와 마주 앉은 그를 매우 흥미있게 바라보고 또 바라보았다. 두루마기 격으로 기모노를 둘렀고, 그 안에서 옥양목 저고리가 내어보이며 아랫도리엔 중국식 바지를 입었다. 그것은 그네들이 흔히 입는 유지 모양으로 번질번질한 암갈색 피륙으로 지은 것이었다. 그리고 발은 감발을 하였는데 짚신을 신었고, 고부가리¹⁾로 깎은 머리엔 모자도 쓰지 않았다. 우연히 이따금 기묘한 모임을 꾸미는 것이다. 우리가 자리를 잡은 찻간에는 공교롭게 세 나라 사람이 다 모이었으니 내 옆에는 중국 사람이 기대었다. 그의 옆에는 일본 사람이 앉아 있었다. 그는 동양 삼국 옷을 한 몸에 감은 보람이 있어 일본말도 곧잘 철철대이거니와 중국말에도 그리 서툴지 않은 모양이었다.

고향

"도꼬마데 오이데데스까?"[2]

하고 첫마디를 걸더니만, 동경[3]이 어떠니, 대판[4]이 어떠니, 조선 사람은 고추를 끔찍이 많이 먹는다는 둥, 일본 음식은 너무 싱거워서 처음에는 속이 뉘엿거린다는 둥, 횡설수설 지껄이다가 일본 사람이 엄지와 검지손가락으로 짧게 끊은 꼿꼿한 윗수염을 비비면서 마지못해 까땍까땍하는 고개와 함께 '소데스까'[5]란 한 마디로 코대답을 할 따름이요, 잘 받아주지 않으매, 그는 또 중국인을 붙들고 실랑이를 한다.

"네쌍나얼쵀[6]…… 니씽섬마."[7]

하고 덤벼 보았으나 중국인 또한 그 기름 낀 뚜우한 얼굴에 수수께끼 같은 웃음을 띨 뿐이요 별로 대꾸를 하지 않았건만, 그래도 무에라고 연해 웅얼거리면서 나를 보고 웃어 보였다.

그것은 마치 짐승을 놀리는 요술쟁이가 구경꾼을 바라볼 때처럼 훌륭한 재주를 갈채해 달라는 웃음이었다. 나는 쌀쌀하게 그의 시선을 피해 버렸다. 그 주적대는 꼴이 어줍잖고 밉살스러웠음이다. 그는 잠깐 입을 닥치고 무료한 듯이 머리를 더억더억 긁기도 하며, 손톱을 이로 물어뜯기도 하고, 멀거니 창밖을 내다보기도 하다가, 암만해도 지절대지 않고는 못 참겠던지 문득 나에게로 향하며,

"어데꺼정 가는 기오?"

라고 경상도 사투리로 말을 붙인다.

"서울까지 가오."

"그런기오. 참 반갑구마. 나도 서울꺼정 가는데. 그러면 우리

동행이 되겠구마."

나는 이 지나치게 반가워하는 말씨에 대하여 무에라고 대답할 말도 없고, 또 굳이 대답하기도 싫기에 덤덤히 입을 닫쳐 버렸다.

"서울에 오래 살았는기오?"

그는 또 물었다.

"육칠 년이나 됩니다."

조금 성가시다 싶었으되 대꾸 않을 수도 없었다.

"에이구, 오래 살았구마, 나는 처음 길인데 우리 같은 막벌이꾼이 차를 나려서 어데로 찾아가야 되겠는기오? 일본으로 말하면 '기전야도'[8] 같은 것이 있는기오?"

하고 그는 답답한 제 신세를 생각했던지 찡그려 보았다. 그때 나는 그의 얼굴이 웃기보다 찡그리기에 가장 적당한 얼굴임을 발견하였다. 군데군데 찢어진 경성드뭇한[9] 눈썹이 올올이 일어서며, 아래로 축 처지는 서슬에 양미간에는 여러 가닥 주름이 잡히고, 광대뼈 위로 뺨 살이 실룩실룩 보이자 두 볼은 쪽 빨아든다. 입은 소태나 먹은 것처럼 왼편으로 삐뚤어지게 찢어 올라가고, 조이던 눈엔 눈물이 괴인 듯 삼십 세밖에 안 되어 보이는 그 얼굴이 십 년 가량은 늙어진 듯하였다. 나는 그 신산스러운 표정이 얼마쯤 감동이 되어서 그에게 대한 반감이 풀려지는 듯하였다.

"글쎄요, 아마 노동 숙박소란 것이 있지요."

노동 숙박소에 대해서 미주알고주알 묻고 나서,

"시방 가면 무슨 일자리를 구하겠는기오?"

라고 그는 매달리는 듯이 또 채쳤다.

"글쎄요, 무슨 일자리를 구할 수 있을는지요."

나는 내 대답이 너무 냉랭하고 불친절한 것이 죄송스러웠다. 그러자 일자리에 대하여 아무 지식이 없는 나로서는 이외에 더 좋은 대답을 해 줄 수가 없었던 것이다. 그 대신 나는 은근하게 물었다.

"어데서 오시는 길입니까?"

"흠, 고향에서 오누마."

하고 그는 휘 한숨을 쉬었다. 그러자, 그의 신세타령의 실마리는 풀려 나왔다. 그의 고향은 대구에서 멀지 않은 K군 H란 외따른 동리였다. 한 백 호 남짓한 그곳 주님은 전부가 역둔토[10]를 파먹고 살았는데, 역둔토로 말하면 사삿집[11] 땅을 부치는 것보다 떨어지는 것이 후하였다. 그러므로 넉넉지는 못할망정 평화로운 농촌으로 남부럽지 않게 지낼 수 있었다. 그러나 세상이 뒤바뀌자 그 땅은 전부 동양척식회사의 소유에 들어가고 말았다. 직접으로 회사에 소작료를 바치게나 되었으면 그래도 나으련만 소위 중간 소작인이란 것이 생겨나서 저는 손에 흙 한번 만져 보지도 않고 동척엔 소작인 노릇을 하며, 실작인에게는 지주 행세를 하게 되었다. 동척에 소작료를 물고 나서 또 중간 소작료인에게 긁히고 보니, 실작인의 손에는 소출이 삼 할도 떨어지지 않았다. 그 후로 '죽겠다', '못 살겠다' 하는 소리는 중이 염불하듯 그들의 입길에서 오르내리게 되었다. 남부여대하고 타처로 유리하는 사람만 늘고 동리는 점점 쇠진해 갔다.

　지금으로부터 구 년 전, 그가 열일곱 살 되던 해 봄에(그의 나이는 실상 스물여섯이었다. 가난과 고생이 얼마나 사람을 늙히는가?) 그의 집안은 살기 좋다는 바람에 서간도로 이사를 갔었다. 쫓겨 가는 운명이어든 어디를 간들 신신하랴. 그곳의 비옥한 전야도 그들을 위하여 열려질 리 없었다. 조금 좋은 땅은 먼저 간 이가 모조리 차지하였고 황무지는 비록 많다 하나 그곳 당도하던 날부터 아침거리 저녁거리 걱정이라 무슨 행세로 적어도 일 년이란 장구한 세월을 먹고 입어 가며 거친 땅을 풀 수가 있으랴. 남의 밑천을 얻어서 농사를 짓고 보니, 가을이 되어 얻는 것은 빈주먹뿐이었다. 이태 동안을 사는 것이 아니라 억지로 버티어 갈 제 그의 아버지는 우연히 병을 얻어 타국의 외로운 혼이 되고 말았다. 열아홉 살밖에 안 된 그가 홀어머니를 모시고 악으로 악으로 모진 목숨을 이어가던 중 사 년이 못 되어 영양 부족한 몸이 심한 노동에 지친 탓으로 그의 어머니 또한 죽고 말았다.

　"모친꺼정 돌아갔구마."

　"돌아가실 때 흰죽 한 모금도 못 자셨구마."

　하고 이야기하던 이는 문득 말을 뚝 끊는다. 그의 눈이 번들번들함은 눈물이 쏟아졌음이리라. 나는 무엇이라고 위로할 말을 몰랐다. 한동안 머뭇머뭇이 있다가 나는 차를 탈 때에 친구들이 사준 정종 병마개를 빼었다. 찻잔에 부어서 그도 마시고 나도 마시었다. 악착한 운명이 던져 준 깊은 슬픔을 술로 녹이려는 듯이

연거푸 다섯 잔을 마시는 그는 다시 말을 계속하였다. 그 후 그는 부모 잃은 땅에 오래 머물기 싫었다. 신의주로, 안동현으로 품을 팔다가 일본으로 또 벌이를 찾아가게 되었다. 구주[12] 탄광에 있어도 보고, 대판 철공장에도 몸을 담아 보았다. 벌이는 조금 나았으나 외롭고 젊은 몸은 자연히 방탕해졌다. 돈을 모을래야 모을 수 없고 이따금 울화만 치받치기 때문에 한 곳에 주접[13]을 하고 있을 수 없었다. 화도 나고 고국산천이 그립기도 하여서 훌쩍 뛰어나왔다가 오래간만에 고향을 둘러보고 벌이를 구할 겸 구경도 할 겸 서울로 올라가는 길이라 했다.

"고향에 가시니 반가워하는 사람이 있습디까?"

나는 탄식하였다.

"반가워하는 사람이 다 뭔기오? 고향이 통 없어졌더마."

"그렇겠지요. 구 년 동안이면 퍽 변했겠지요."

"변하고 무어고 간에 아무것도 없더마. 집도 없고, 사람도 없고, 개 한 마리도 얼씬을 않더마."

"그러면, 아주 폐동이 되었단 말씀이오?"

"흥, 그렇구마. 무너지다 만 담만 즐비하게 남았더마. 우리 살던 집도 터야 안 남았겠는기오? 암만 찾아도 못 찾겠더마. 사람 살던 동리가 그렇게 된 것을 혹 구경했는기오?"

하고 그의 짜는 듯한 목은 높아졌다.

"썩어 넘어진 서까래, 뚤뚤 구르는 주추[14]는! 꼭 무덤을 파서 해골을 헐어 젖혀놓은 것 같더마. 세상에 이런 일도 있는기오? 백여 호 살던 동리가 십 년이 못 되어 통 없어지는 수도 있는기오? 후!"

하고 그는 한숨을 쉬며, 그때의 광경을 눈앞에 그리는 듯이 멀거니 먼 산을 보다가 내가 따라 준 술을 꿀꺽 들이켜고,

"참! 가슴이 터지더마, 가슴이 터져."

하자마자 굵직한 눈물 두어 방울이 뚝뚝 떨어진다.

나는 그 눈물 가운데 음산하고 비참한 조선의 얼굴을 똑똑히 본 듯싶었다.

이윽고 나는 이런 말을 물었다.

"그래, 이번 길에 고향 사람은 하나도 못 만났습니까?"

"하나 만났구마, 단지 하나."

"친척되시는 분이던가요?"

"아니구마, 한 이웃에 살던 사람이구마."

하고 그의 얼굴은 더욱 침울해진다.

"여간 반갑지 않으셨겠지요?"

"반갑다마다, 죽은 사람을 만난 것 같더마. 더구나 그 사람은 나와 까닭도 좀 있던 사람인데……."

"까닭이라니?"

"나와 혼인 말이 있던 여자구마."

"하아—"

나는 놀란 듯이 벌린 입이 다물어지지 않았다.

"그 신세도 내 신세만 하구마."

하고 그는 또 이야기를 계속하였다. 그 여자는 자기보다 나이 두 살 위였는데, 한이웃에 사는 탓으로 같이 놀기도 하고 싸우기

도 하며 자라났다. 그가 열네댓 살 적부터 그들 부모들 사이에 혼인 말이 있었고 그도 어린 마음에 매우 탐탁하게 생각하였었다. 그런데 그 처녀가 열일곱 살 된 겨울에 별안간 간 곳을 모르게 되었다. 알고 보니, 그 아비 되는 자가 이십 원을 받고 대구 유곽[15]에 팔아먹은 것이었다. 그 소문이 퍼지자 그 처녀 가족은 그 동리에서 못 살고 멀리 이사를 갔는데 그 후로는 물론 피차에 한 번 만나 보지도 못하였다. 이번에야 빈터만 남은 고향을 구경하고 돌아오는 길에 읍내에서 그 아내 될 뻔한 댁과 마주치게 되었다.

처녀는 어떤 일본 사람 집에서 아이를 보고 있었다. 궐녀는 이십 원 몸값을 십 년을 두고 갚았건만 그래도 주인에게 빚이 육십 원이나 남았었는데, 몸에 몹쓸 병이 들고 나이 늙어져서 산송장이 되니까 주인 되는 자가 특별히 빚을 탕감해 주고 작년 가을에야 놓아 준 것이었다.

궐녀도 자기와 같이 십 년 동안이나 그리던 고향에 찾아오니까 거기에는 집도 없고, 부모도 없고 쓸쓸한 돌무더기만 눈물을 자아낼 뿐이었다. 하루해를 울어 보내고 읍내로 들어와서 돌아다니다가, 십 년 동안에 한 마디 두 마디 배워 두었던 일본말 덕택으로 그 일본 집에 있게 된 것이었다.

"암만 사람이 변하기로 어째 그렇게도 변하는기오? 그 숱 많던 머리가 훌렁 다 벗어졌더마. 눈은 푹 들어가고 그 이들이들하던[16] 얼굴빛도 마치 유산을 끼얹은 듯하더마."

"서로 붙잡고 많이 우셨겠지요?"

"눈물도 안 나오더마. 일본 우동집에 들어가서 둘이서 정종만 한 열 병 따려 누이고 헤어졌구마."

하고 가슴을 짜는 듯한 괴로운 한숨을 쉬더니만 그는 지난 슬픔을 새록새록이 자아내어 마음을 새기기에 지치었음이더라.

"이야기를 다 하면 무얼 하는기오?"

하고 쓸쓸하게 입을 다문다. 내 또한 너무도 참혹한 사람살이를 듣기에 쓴물이 났다.

"자, 우리 술이나 마저 먹읍시다."

하고 우리는 서로 주거니 받거니 한 되 병을 다 말리고 말았다. 그는 취흥에 겨워서 우리가 어릴 때 멋모르고 부르던 노래를 읊조리었다.

볏섬이나 나는 전토는
신작로가 되고요……
말마디나 하는 친구는
감옥소로 가고요……
담뱃대나 떠는 노인은
공동묘지 가고요……
인물이나 좋은 계집은
유곽으로 가고요……

불

시집 온 지 한 달 남짓한, 금년에 열다섯 살밖에 안 된 순이는
잠이 어릿어릿한 가운데도 숨길이 갑갑해짐을 느꼈다.
큰 바위로 내리누르는 듯이 가슴이 답답하다.
바위나 같으면 싸늘한 맛이나 있으련마는,
순이의 비둘기 같은 연약한 가슴에 얹힌 것은
마치 장마 지는 여름날과 같이 눅눅하고 축축하고 무더운 데다가
천근의 무게를 더한 것 같다.

시집 온 지 한 달 남짓한, 금년에 열다섯 살밖에 안 된 순이는 잠이 어릿어릿한 가운데도 숨길이 갑갑해짐을 느꼈다. 큰 바위로 내리누르는 듯이 가슴이 답답하다. 바위나 같으면 싸늘한 맛이나 있으련마는, 순이의 비둘기 같은 연약한 가슴에 얹힌 것은 마치 장마 지는 여름날과 같이 눅눅하고 축축하고 무더운 데다가 천 근의 무게를 더한 것 같다. 그는 복날 개와 같이 헐떡이었다. 그러자 허리와 엉치[1]가 뻐개내는 듯, 쪼개내는 듯, 갈기갈기 찢는 것같이, 산산이 바수는 것같이 욱신거리고 쓰라리고 쑤시고 아파서 견딜 수 없었다.

쇠막대 같은 것이 오장육부를 한 편으로 치우치며 가슴까지 치받쳐 올라 콱콱 뻗지를 때엔 순이는 입을 딱딱 벌리며 몸을 위로 추스른다[2]…… 이렇듯 아프니 적이나 하면 잠이 깨련만 온종

불

일 물 이기, 절구질하기, 물방아 찧기, 논에 나간 일꾼들에게 밥 나르기에 더할 수 없이 지쳤던 그는 잠을 깨랴 깰 수 없었다. 그렇다고 그가 혼수상태에 떨어진 것은 물론 아니니, '이러다간 내가 죽겠구먼! 죽겠구먼! 어서 잠을 깨야지, 깨야지.'

하면서도 풀칠이나 한 듯이 죄어 붙는 눈을 뜰 수가 없었다. 흙물 같이 텁텁한 잠을 물리칠 수가 없었다. 연해 입을 딱딱 벌리며 몸을 추스르다가 나중에는 지긋지긋한 고통을 억지로 참는 사람 모양으로 이까지 빠드득빠드득 갈아붙이었다……. 얼마 만에야 무서운 꿈에 가위눌린 듯한 눈을 어렴풋이 뜰 수 있었다. 제 얼굴을 솥뚜껑 모양으로 덮은 남편의 얼굴을 보았다. 함지박만한 큰 상판의 검은 부분은 어두운 밤빛과 어우러졌는데 번쩍이는 눈깔의 흰자위, 침이 깨흐르는 입술, 그것이 비뚤어지게 열리며 드러난 누런 이빨만 무시무시하도록 뚜렷이 알아볼 수가 있었다. 그러자 가뜩이나 큰 얼굴이 자꾸자꾸 부어오르더니 뙤약볕으로 지져 놓은 암갈색의 어깨판도 따라서 확대되어서 깍짓동[3]만 하게 되고 집채만 하게 된다. 순이는 배꼽에서 솟아오르는 공포와 창자를 뒤트는 고통에 몸을 떨었다가 버르적거렸다가 하면서 염치없는 잠에 뒷덜미를 잡히기도 하고 무서운 현실에 눈을 뜨기도 하였다.

그 고통으로부터 겨우 벗어난 때엔 유월의 단열밤[4]이 벌써 새었다. 사내의 어마어마한 윤곽이 방이 비좁도록 움직이자 밖으로 나간다. 들에 새벽일 하러 나감이리라. 그제야 순이도 긴 한숨을 쉬며 잠을 깰 수 있었다. 짙은 먹칠이나 한 듯하던 들창이

잿빛으로 변하며 가물한 가운데 노랏노랏이 삿자리의 눈이 드러난다. 윗목에 놓인 허술한 경대 위에 번들번들하는 석경이라든지, 머리맡 벽에 걸려 있는 누럭장이라든지 '원수의 방'이 분명하다. 더구나 제 등때기 밑에는 요까지 깔려 있다.

'이것은 어찌된 셈인구?'

순이는 정신을 차리며 생각해 보았다. 어젯밤에 그가 잔 데는 여기가 아닐 테다. 밤이 되면 으레 당하는 이 몹쓸 노릇을 하루라도 면하려고 저녁 설거지를 마치던 맡에 아무도 몰래 헛간으로 숨었었다. 단지 둘밖에 아니 남은 볏섬을 의지 삼아 빈 섬거적을 깔고 두 다리를 쭉 뻗칠 사이도 없이 그만 고달픈 잠에 떨어지고 말았었다. 그런데 어찌 또 방으로 들어왔을까? 그 원수의 놈이 육욕에 번쩍이는 눈알을 부라리며 사면팔방으로 찾다가, 마침내 그를 발견하였음이리라. 억세인 팔로 어렵지 않게 자는 그를 안아다가 또 '원수의 방'에 갖다놓았음이리라. 그러고는 또 원수의 그 노릇…….

이런 생각을 끝도 맺기 전에 흐리터분한 잠이 다시금 그의 사개 물러난[5] 몸을 엄습하였다…….

집안이 떠나갈 듯한 시어미의 소리가 일어났다.

"안 일어났니? 어서 쇠죽을 끓여야지!"

그 소리가 끝도 나기 전에 순이는 빨딱 몸을 일으킨다. 한 손으로 눈을 비비며 또 한 손으로 남편이 벗겨놓은 옷을 주섬주섬 총망히 주워 입는다. 그는 시방껏 자지 않았던가? 그 거동을 보면 자기는 새로[6] 정신을 한껏 모으고 호령 일하를 기다리던 군사

나 진배없었다. 그러니만큼 자던 잠결에도 시어미의 호령은 무서웠음이다.

총총히 마루로 나오니, 아직 날은 다 밝지 않았다. 자욱한 안개를 격해서 광채를 잃은 흰 달이 죽은 사람의 눈깔 모양으로 희멀겋게 서쪽으로 기울고 있다.

저녁에 안쳐 놓은 쇠죽 솥에 가자 불을 살랐다. 비록 여름일망정 새벽 공기는 찼다. 더욱이 으슬으슬 한기를 느끼던 순이는 번쩍하고 불붙는 모양이 매우 좋았다. 새빨간 입술을 날름날름 집어주는 솔개비를 삼키는 꼴을 그는 흥미 있게 구경하고 있었다. 고된 하루, 밤으로 말미암아 더욱 고된 순이의 하루는 또 시작되었다.

쇠죽을 다 끓이자, 아침밥 지을 물을 또 안 이어 올 수 없었다. 물동이를 이고 두 팔을 치켜 그 귀를 잡으니 겨드랑이로 안개 실린 공기가 싸늘싸늘하게 기어들었다. 시냇가에 나와서 물동이를 놓고 한 번 기지개를 켰다. 안개에 묻힌 올망졸망한 산과 등성이는 아직도 몽롱한 꿈길을 헤매는 듯. 엊그제 농부를 기뻐 뛰게 한 큰비의 덕택으로 논이란 논엔 물이 질번질번한데 흰 안개와 어우러지니 마치 수은이 엉킨 것 같고, 벌써 옮겨 놓은 모들은 파릇파릇하게 졸음 오는 눈을 비비고 있다. 이런 가운데 저 혼자 깨었다는 듯이 시내는 쫄쫄 소리를 치며 흘러간다. 과연 가까이 앉아서 들여다보니 새맑은 그 얼굴은 잠 하나 없는 눈동자와 같다. 순이는 퐁 하며 바가지를 넣었다. 생채기 난 데를 메우려는 듯이 사방에서 모여든 물이, 바가지 들어갔던 자리를 둥글게 에

워싸며 한동안 야료를 치다가, 그리 중상은 아니라고 안심한 것 같이 너르게 너르게 둘레를 그리며 물러나갔다. 순이는 자꾸 물을 퍼내었다.

한 동이를 여다 놓고 또 한 동이를 이러 왔을 제 그가 벌써부터 잡으려고 애쓰던 송사리 몇 마리가 겁 없이 동실동실 떠다니는 걸 보았다. 욜랑욜랑하는[7] 그 모양이 퍽 얄미웠다. 숨소리를 죽이고 가만히 두 손을 넣어서 움키려 하였건만, 고놈들은 용하게 빠져 달아나곤 한다. 몇 번을 헛애만 쓴 순이는 고만 화가 더럭 나서 이번에는 돌멩이를 주워다가 함부로 물속의 고기를 때렸다. 제 얼굴에, 옷에, 물만 튀었지, 고놈들은 도무지 맞지를 않았다. 짜증이 나서 울고 싶다. 돌질로 성공을 못한 줄 안 그는 다시금 손으로 움켜보았다. 그 중에 불행한 한 놈이 마침내 순이의 손아귀에 들고 말았다. 손 새로 물이 빠져가자, 제 목숨도 잦아가는 것에 독살이나 낸 듯이 파득파득하는 꼴이 순이에게는 재미있었다. 얼마 안 돼서 가련한 물짐승은 죽은 듯이 지친 몸을 손바닥에 붙이고 있을 제 잔인하게도 순이는 땅바닥에 태기를 쳤다.[8] 아프다는 듯이 꼼지락하자 그만 작은 목숨은 사라졌건만, 그래도 아니 죽었거니 하고, 순이는 손가락으로 건드려 보았다. 그래서 일순간 전에는 파득파득하고 살았던 그것이, 벌써 송장이 된 것을 깨닫자 생명 하나를 없앴다는 공포심이 그의 뒷덜미를 짚었다. 그 자리에서 곧 송사리의 원혼이 날 듯싶었다. 갈팡질팡 물을 긷고 돌아서는 그는 누가 뒤에서 머리를 잡아당기는 듯하였다.

눈코를 못 뜨게 아침을 치르자마자 그는 또 보리를 찧어야 했다. 절구질을 하노라니 허리가 부러지는 것 같다. 무거운 절구에 끌려서 하마터면 대가리를 절구통 속에 찧을 뻔도 하였다. 팔이 떨어지는 것 같다. 그래도 그는 깽깽 하며 끝까지 절구질을 아니할 수 없었다.

또 점심이다. 부랴부랴 밥을 다 지어서는 모심기 하는 일꾼(거기는 자기 남편도 끼었다)에게 밥을 날라야 한다. 국이며 밥을 잔뜩 담은 목판이, 그의 정수리를 내려누르니 모가지가 자라의 그것같이 움츠려지는 것은 물론이려니와 키까지 줄어든 듯하였다. 이래 가지고 떼어 놓기 어려운 발길을 옮기며 삽짝 밖을 나섰다.

새말갛게 개인 하늘엔 구름 한 점도 없고, 중천에 솟은 햇님이 불같은 볕을 내려퍼붓고 있었다. 질펀한 들에는 '흙의 아들'이 하얗게 흩어져 응석 피우듯 어머니의 기름진 젖가슴을 철벅거리며 모내기에 한창 바쁘다. 그들의 굽혔다 폈다 하는 서슬에 옷으로 다 여미지 못한 허리는 새까맣게 지져놓은 듯하다. 염치 없이 눈에까지 흘러드는 팥죽 같은 땀을 닦느라고 얼굴은 모두 흙투성이가 되었다. 그래도 한시라도 속히, 한 포기라도 많이 옮기려고 골똘한 그들은 뼈가 휘어도 괴로운 한숨 한 번 쉬지 않는다. 도리어 그들은 노래를 부른다. 가장 자유로운 곡조로 가장 신나게 노래를 부른다.

땅은 흠씬 젖은 물을 끓는 햇발에 바래이고 있다. 논두렁에 엉클어진 잡풀들은 사람의 발이 함부로 밟음에 맡기며, 발이 지나

가기를 기다려, 고개를 쳐들고 부신 햇발에 푸른 웃음을 올리고 있다. 거기는 굳세게, 힘있게 사는 생명의 기쁨이 있고 더욱더욱, 삶을 충실히 하려는 든든한 노력이 있었다. 간단히 말하면 건강이 넘치는 천지였다. 불건강한 물건의 존재를 허락지 않는 천지였다.

이 강렬한 광선의 바다, 싱싱한 공기를 마시기엔 순이의 몸은 너무나 불건강하였었다. 눈이 핑핑 내어둘리며 머리가 어찔어찔하였다. 온몸을 땀으로 미역 감기면서도 으쓱으쓱 한기가 들었다. 빗물이 고인 내를 건너뛰렬 제, 물속에 잠긴 태양이 번쩍하자 그의 눈앞은 캄캄해졌다. 문득 아침에 제가 죽인 송사리란 놈이 퍼드덕 하고 내달으며 방어만치나 어마어마하게 큰 몸뚱어리로 그의 가는 길을 막았다. 속으로 '악!' 외마디 소리를 치며 몸을 빼쳐 달아나려고 할 제, 그는 그만 무엇이 무엇인지 분간을 못하게 되었다.

누가 저의 머리채를 잡아서 뺑소니를 돌리는 듯한 느낌이었다. 그럴 사이에 그는 벼락 치는 소리를 들은 채 정신을 잃었다……

한참만에야 순이는 깨어났건만 본정신이 다 돌아오지는 않았다. 어리둥절하게 눈만 멀뚱거리고 있는 사이 점심밥을 이고 나가던 일, 넓은 들에서 눈을 부시게 하던 햇발, 길을 막던 송사리 생각이 차례차례로 떠올랐다. 그러면 이고 가던 점심은 어떻게 되었는가, 하면서 휘 사방을 둘러볼 겨를도 없이 그는 외마디 소리를 치며 몸을 소스라쳤다. 또다시 그 '원수의 방'에 누웠을 줄

이야! 미친 듯이 마루로 뛰어나왔다. 그의 눈은 마치 귀신에게 홀린 사람 모양으로 두려움과 무서움에 호동그래졌다.

마당에 널어놓은 밀을 고밀개⁹로 젓고 있는 시어미는 뛰어나오는 며느리에게 날카로운 시선을 던지었다.

국과 밥을 모두 못 먹게 만든 것은 그만두더라도 몇 개 아니 남은 그릇을 깨 두들긴 것이 한없이 미웠으되 까무러치기까지 한 며느리를 일어나던 맡에 나무라기는 어려웠음이리라.

"인제 정신을 차렸느냐? 왜 더 누워서 조리를 하지 방정을 떨고 나오니. 어서 방으로 들어가서 누웠으려무나."

부드러운 목소리를 짓느라고 매우 애를 쓰는 모양이다.

그래도 순이는 비실비실하는 걸음걸이로 부득부득 마당으로 내려온다.

"방에 들어가서 조리를 하래도 그래."

이번에는 언성이 조금 높아진다.

"싫어요, 싫어요. 괜찮아요."

순이는 방에 다시 들어가기가 죽기보다 싫었다.

"또 고분고분 말을 아니 듣고 억지를 부리는군."

하다가, 속에서 치받치는 미움을 걷잡지 못하겠다는 듯이 고밀개 자루를 거꾸로 들 사이도 없이 시어미는 며느리에게로 달려들었다.

"요 방정맞은 년 같으니, 어쩌자고 그릇을 다 부수고, 아실랑 아실랑 나오는 건 뭐냐. 요 얌치없는 년 같으니, 저번 장에 산 사발을 두 개나 산산조각을 맨들고……."

하고 푸념을 섞어가며 고밀개 자루로 머리, 등, 다리 할 것 없이 함부로 뚜들기기 시작한다. 순이는 맞아도 아픈 줄을 몰랐다. 으스러지는 듯이 찌뿌드드한 몸에 툭툭 하고 때려지는 매가 도리어 괴상한 쾌감을 일으켰다.

"요런 악지 센 년 좀 보아! 어쩌면 맞아도 울지도 않고 요렇게 있담."

하고 또 한참 매질을 하다가 스스로 지친 듯이 고밀개를 집어 던지며,

"요년, 보기 싫다. 어서 부엌에 가서 저녁이나 지어라."

순이는 또 시키는 대로 부엌에 들어가서 밥을 안쳤다.

그럭저럭 하루 해는 저물어 간다. 으슥한 부엌은 벌써 저녁이나 된 듯이 어둑어둑해졌다. 무서운 밤, 지겨운 밤이 다시금 그를 향하여 시커먼 아가리를 벌리려 한다. 해질 때마다 느끼는 공포심이 또다시 그를 엄습하였다. 번번이 해도 번번이 실패하는, 밤 피할 궁리로 하여, 그의 좁은 가슴은 쥐어뜯기었다. 그럴 사이에 그 궁리는 나서지 않고 제 신세가 어떻게 불쌍하고 가엾은지 몰랐다. 수백 리 밖에 부모를 두고 시집을 온 일, 온 뒤로 밤마다 날마다 당하는 지긋지긋한 고생, 더구나 오늘 시어머니한테 두들겨 맞은 일이 한없이 서럽고 슬퍼서 솟아오르는 눈물을 걷잡을 수 없었다. 주먹으로 씻다가 팔까지 젖었건만 눈물은 그치지 않았다…… 그때였다. 누가 뒤에서 그의 어깨를 흔들었다. 순이는 무심코 돌아보자마자 간이 오그라 붙는 듯하였다. 낮일을 다하고 돌아왔음이리라. 그의 남편이 몸을 굽혀서 어깨너머로

그를 데밀어보고[10] 있지 않은가. 그 뼡에 그을은 험상궂은 얼굴엔 어울리지 않게 보드라운 표정과 불쌍해하는 빛이 역력히 흘렀다. 그러나 솔개에 치인 병아리 모양으로 숨 한 번 옳게 쉬지 못하는 순이는 그런 기색을 알아볼 여유도 없었다.

"왜 울어, 울지 말아, 울지 말아."

라고 꺽세인 목을 떨어뜨리어 위로를 하면서 그 솥뚜껑 같은 손으로 우는 순이의 눈을 씻어 주고는 나가버린다.

남편을 본 뒤로는 더욱 견딜 수 없었다. 가슴을 지질러서 숨길을 막는 바위, 온몸을 바스려내는 쇠몽둥이…… 시방껏 흐르던 눈물도 간데없고 다시금 이 지긋지긋한 밤 피할 궁리에 어린 머리를 짰다. 아니 밤 탓이 아니다. 온전히 그 '원수의 방' 때문이다. 만일 그 방만 아니면 남편이 또한 눈물만 씻어주고 나갈 따름이다. 그 방만 아니면 그런 고통을 주려야 줄 곳이 없을 것이다. 그 원수의 방! 그 방을 없애버릴 도리가 없을까? 입때 방을 피하려다가 뜻을 이루지 못한 순이는 인제 그 방을 없애버릴 궁리를 하게 되었다.

밥이 보글 하고 넘었다. 순이는 솥뚜껑을 열려고 일어섰을 세, 부뚜막에 얹힌 성냥이 그의 눈에 띄었다. 이상한 생각이 번개같이 그의 머리를 스쳐간다. 그는 성냥을 쥐었다. 성냥 쥔 그의 손은 가늘게 떨리었다. 그러자 사면을 돌아볼 겨를도 없이 그 성냥을 품속에 감추었다. 이만하면 될 일을 왜 여태껏 몰랐던가, 하면서 그는 싱그레[11] 웃었다.

그날 밤에 그 집에는 난데없는 불이 건넌방 뒤껼 추녀로부터 일어났다. 풍세[12]를 얻은 불길이 삽시간에 온 지붕에 번지며 휠휠 타오를 제, 뒷집 담 모서리에서 순이는 근래에 없이 환한 얼굴로 기뻐 못 견디겠다는 듯이 가슴을 두근거리며 모로 뛰고 세로 뛰었다……

작품 해설 및
현진건 연보

- 작품별 각주 해설
- 작품 해설
- 현진건 연보

작품별 각주 해설

운수 좋은 날

1) **모주** 술을 거르고 남은 찌꺼기.
2) **처박지르다** '처박다' 를 속되게 이르는 말.
3) **조랑복** 조롱복. 짧게 타고난 복.
4) **바루어지다** 비뚤어지거나 구부러지지 않도록 바르게 되다.
5) **고구라** 고쿠라오리. 굵은 실로 두껍게 짠 면직물. 원래 일본 규슈의 고쿠라 지방에서 많이 생산되었음.
6) **노박이** 한곳에 붙박이로 있는 사람이라는 뜻의 충청도 사투리.
7) **다닥치다** 일이나 사건 따위가 가까이 이르다.
8) **원원이** 본디부터.
9) **개개풀리다** 졸리거나 술에 취해서 눈에 정기가 흐려지다.
10) **추기** 송장이 썩어서 흐르는 물이나 냄새.
11) **시진하다** 기운이 빠져 힘이 없어지다.

빈처

1) **모본단** 짜임이 곱고 부드러운 비단의 종류. 중국이 원산지임.
2) **저구리** '저고리' 의 사투리.
3) **전당국** 물건을 담보잡고 돈을 빌려주는 '전당포' 와 같은 말.
4) **궐련** 얇은 종이로 가늘고 길게 말아 놓은 담배.
5) **설설하다** 자질구레하다.
6) **아모짝** '아무짝' 의 사투리.
7) **언문** '한글' 을 속되게 이르던 말.
8) **밥소라** 밥, 국수, 떡국 등을 담던 그릇.

9) **자미스럽다** 재미 있다.

10) **몰풍스럽다** 성격이나 태도가 쌀쌀맞고 정이 없고 퉁명스럽다.

11) **심골** 깊은 마음속.

12) **등피** 등불이 꺼지지 않도록 바람을 막고 불빛을 밝게 하기 위하여 남포등에 씌우는 유리로 만든 물건.

13) **지나** 중국 본토의 다른 명칭. 몽골·둥베이[東北：滿洲]·티베트·신장[新疆] 등은 포함되지 않는다.

14) **반거들충이** 무엇을 배우다가 중도에 그만두어 다 이루지 못한 사람.

15) **이울다** 꽃이나 잎이 시들다. 점점 쇠약하여지다.

16) **저작가** 예술이나 학문에 관한 책이나 작품 따위를 창작하는 것을 업으로 하는 사람.

17) **전심력** 전심전력(專心專力)과 같은 말. 온 마음과 온 힘을 한곳에 모음.

18) **실심하다** 근심 걱정으로 맥이 빠지고 마음이 산란해지다.

19) **창경** 창문에 있는 유리.

20) **자비하다** 자기 자신을 남보다 낮추다.

21) **비소** 남을 비웃는 웃음.

22) **슬다** 스러지다. 형체나 현상 따위가 차차 희미해져 없어지다.

23) **정지** 딱한 사정에 있는 처지.

24) **측연하다** 보기에 가엾고 불쌍하다.

25) **애연하다** 슬픈 듯하다.

26) **차인** 임시 심부름꾼으로 부리는 사람.

27) **기미** 미두(米豆). 현물 없이 쌀을 팔고 사는 일.

28) **혹사** 서로 같다고 할 만큼 매우 비슷함.

29) **흉흉하다** 물결이 세차고 물소리가 매우 시끄럽다.

30) **황망하다** 바쁘다. 마음이 몹시 급하여 당황하고 허둥지둥하다.

31) **공명하다** 남의 생각이나 감정, 행동 따위에 공감하여 자기도 그와 같이 따르려 하다.

작품별 각주 해설

32) **찌그덩하다** 단단한 물건이 서로 여기저기 쓸리면서 듣기 거북한 소리가 나다.
33) **최촉** 재촉과 같은 말. 어떤 일을 빨리 하도록 조름.
34) **희색** 기뻐하는 얼굴빛.
35) **기실** 사실은.

술 권하는 사회

1) **오락지** '오라기'의 강원도, 경기도, 경북지방 사투리.
   (오라기 : 실, 헝겊, 종이, 새끼 따위의 길고 가느다란 조각.)
2) **부급(負笈)** 타향으로 공부하러 가는 것을 이르는 말.
3) **금지환** 금가락지.
4) **곰** 고기나 생선을 진한 국물이 나오도록 폭 삶은 국.
5) **급거히** 급거. 몹시 서둘러 급작스러운 모양.
6) **움직움직하다** 몸이나 몸의 일부가 잇따라 움직이거나 몸의 일부를 잇따라 움직이다.
7) **이취자(泥醉者)** 술이 곤드레만드레 취한 사람.
8) **파수(破羞)** 여러 번 있는 일에서의 어느 한 번. 또는 어느 한 동안.
9) **보조(步調)** 여럿이 함께 일을 할 때의 진행 속도나 조화.
10) **고소(苦笑)하다** 어이가 없거나 마지못하여 웃음을 짓다.
11) **유위유망(有爲有望)** 쓸모도 있고, 희망도 있다.
12) **흉장(胸腸)이 막히다** 가슴과 창자가 막히다. 여기서는 가슴이 답답하다는 뜻.

할머니의 죽음

1) 하로같이 하루같이.
2) 연만하다 나이가 아주 많다.
3) 삽짝 '사립문'의 경상도, 충북의 사투리. 사립짝을 달아서 만든 문.
4) 그름 '그을음'의 사투리.
5) 상청(喪廳) 죽은 이와 관련된 물건을 차려 놓은 곳.
6) 중모(仲母) 둘째어머니.
7) 해가(薤歌) 상여가 나갈 때 부르는 노래.
8) 곰부임부 곰비임비. 물건이 거듭 쌓이거나 일이 계속 일어남을 나타내는 말.
9) 다라니(陀羅尼) 범문을 번역하지 아니하고 음(音) 그대로 외는 일.
10) 혼혼(昏昏)히 정신이 가물가물하고 희미하게.
11) 여상히 평소와 다름없이.
12) 불언 중에 말을 하지 아니하는 중에.
13) 의지간 원래 있던 집채에 더 달아서 꾸민 칸.
14) 만수향 여러 향료 가루를 송진 따위로 반죽하여 가늘고 길게 만든 선향(線香)의 하나.
15) 변두머리 편두통.
16) 초치 불러서 오게 함.
17) 무한년하다 햇수의 제한이 없다.
18) 백형(佰兄) 맏형. 두 명 이상의 형 가운데 맏이인 형을 이르는 말.
19) 비소하다 남을 비방하거나 비난하여 웃다.
20) 무려(無慮)하다 아무 염려할 것이 없다.
21) 흔연하다 기쁘거나 마음에 흐뭇해 하는 모습이다.

작품별 각주 해설

22) **춘복(春服)** 봄옷.
23) **앵화(櫻花)** 벚꽃. 앵두꽃.

고향

1) **고부가리** 바리캉으로 약 1.5센티미터 길이로 깎는 머리라는 뜻의 일본어.
2) **도꼬마데 오이데 데스까** "어디까지 갑니까" 라는 뜻의 일본어.
3) **동경** 일본의 수도 '도쿄' 의 한자어.
4) **대판** 일본의 지명 '오사카' 의 한자어.
5) **소데스까** '그렇습니까' 라는 뜻의 일본어.
6) **네쌍나얼취** '어디 가십니까' 라는 뜻의 중국어.
7) **니씽섬마** '이름이 무엇입니까' 라는 뜻의 중국어.
8) **기전야도** 노동자 합숙소.
9) **겅성드뭇하다** 많은 수효가 듬성듬성 흩어져 있다.
10) **역둔토** 역토(驛土)와 둔토(屯土)를 아울러 이르는 말. 역토는 자갈이 많이 섞인 땅. 둔토는 관에 속한 토지.
11) **사삿집** 개인 소유의 집.
12) **구주** 일본열도를 구성하는 4대 섬 중 가장 남쪽에 있는 섬인 '규슈' 의 한자어.
13) **주접** 한때 머물러 삶.
14) **주추** 기둥 밑에 괴는 돌 등의 물건.
15) **유곽** 지난날 공창제도가 있었을 때 창녀를 두고 매음 영업을 하는 집이나 그 구역.
16) **이들이들하다** 번들번들 윤기가 돌고 부들부들하다.

불

1) 엉치 엉덩이 뒤 부위에서 뼈가 만져지는 부위.
2) 추스르다 원문은 '치수린다'. 추어올려 다루다. 몸을 가누어 움직이다.
3) 깍짓동 몹시 뚱뚱한 사람의 몸집을 비유적으로 이르는 말.
4) 단열밤 짧은 밤.
5) 사개 물러나다 몸이 몹시 피곤한 상태를 비유함.
6) 새로 원문은 '새뤄'. 커녕의 의미.
7) 욜랑욜랑하다 몸을 가볍게 흔들며 움직이거나 촐싹거리다.
8) 태기치다 '어떤 물건을 땅바닥에다 힘껏 치다'라는 뜻의 경상도 사투리.
9) 고밀개 '고무래'의 강원도, 충남의 사투리. 곡식을 그러모으고 펴거나, 밭의 흙을 고르거나 아궁이의 재를 긁어모으는 데에 쓰는 'T'자 모양의 기구.
10) 데밀다 들이밀다.
11) 싱그레 눈과 입을 슬며시 움직이며 소리 없이 부드럽게 웃는 모양.
12) 풍세 바람의 기세.

운수 좋은 날

「운수 좋은 날」은 현진건의 대표작으로서, 가난이 만들어내는 비극을 아이러니의 형식을 빌려 그리고 있는 작품이다. 김 첨지는 인력거꾼이다. 인력거란 요즈음으로 치자면 택시와 유사한 것이다. 그러나 '엔진'의 힘으로 운행되는 택시와 달리 인력거는 '사람의 다리'를 통하여 굴러간다. 따라서 당시에도 인력거꾼은 이른바 3D직업일 수밖에 없었을 것이다.

김 첨지는 인력거꾼답게 가난하다. 남의 집 행랑채에 살고 있으며 밥은 '밥을 먹듯이' 굶는다. 아내는 중병에 걸려 있다. 그러나 병원은커녕 약 한 첩 쓰지 못하고 있다. 이러한 소설 속의 정황은 김 첨지에게 어떤 비극이 찾아오고야 말 것이라는 예감을 독자들에게 전달하기에 모자람이 없다. 더구나 일을 나가는 김 첨지에게 그의 아내는 "오늘은 나가지 말아요. 내가 이렇게 아픈데."라고 말하고 있지 않은가? 이제 분위기가 충분히 잡혔으니 비극이 일어나기만 하면 될 것이다. 그러나 현진건은 그 비극을 곧바로 드러내지 않는다. 아마도 김 첨지의 비극이 있는 그대로 곧바로 드러났다면 이 소설을 읽는 '재미'는 크게 감소했을 것이다.

현진건은 그 비극을 아이러니(Irony), 즉 반어적 기법을 통하여 드러내고 있다. 반어법은 간단하게 말하자면 표현된 말이 그 표현과는 정반대의 의미를 가지는 것을 말한다. 이 소설에서 반어적 정황이 어떻게 전개되는가를 한번 살펴보자. 김 첨지는 "오늘은 나가지 말아요. 제발 덕분에 집에 붙어 있어요. 내가 이렇게 아픈데……"라는 아내의 말을 뒤로 하고 인력거를 끌고 거리로 나갈 수밖에 없다. 그가 아내를 사랑하지 않아서가 아니다. 그가 만약에 일을 나가지 않는다면, 약은커녕 또다시 밥을 굶어야 하는 형편이기 때문이다. 그러나 그도 아내의 병이 심상치 않다는 것을 잘 알고 있다. 따라서 인력거를 끌면서도 그는 계속해서 불안해한다.

하지만 그날따라 '운이 너무 좋다'. 평소와 달리 인력거를 타고자 하는 사람이 많았던 것이다. 이러한 운이 김 첨지에게 찾아온 것은 실로 오랜만이었다. 그는 집에 있는 아내가 걱정이 되지만 '운수'를 떨쳐 버릴 수가 없다. 그는 아내에게 무슨 일이 일어났을 수도 있다는 예감을 하면서도 계속해서 찾아오는 '운'을 따라 인력거를 굴린다. 이 대가로 그는 근래에 만져보지 못한 큰 돈을 벌게 된다. 그야말로 '운수가 대통'한 날이었던 것이다.

그러나 과연 이 날이 김 첨지에게 소설 제목이 말해주듯 '운수좋은 날'이었나? 전혀 그렇지가 않다. 아내가 죽은 날을 '운수가 좋은 날'이라고 말할 수는 없을 것이기 때문이다. 그 날이 운수가 좋은 날이라고 김 첨지는 생각했지만 기실은 그 '운'으로 인하여 아내의 임종마저도 지키지 못한 가장 '운수가 나쁜 날'이었던 것이다. 이러한 반어적 구성은 김 첨지의 비극을 더욱 확대시키고, 독자들로 하여금 더욱 안타까운 마음이 들게 하는 소설적 효과를 이끌어내는 역할을 하고 있다.

빈 처

　'자고로 예술가는 가난하다'라는 말이 있다. '예술가는 가난해야 좋은 예술작품을 탄생시킬 수 있다'라는 말도 있다. 이 말을 증명하듯이 실제로 많은 예술가들이 '생활고'에 시달리며 창작의 열정을 불태웠고, 더러는 그 '가난'에 희생되는 비극을 맞기도 하였다.

지금 고흐의 작품은 고가(高價)에 거래되지만, 그 작품을 탄생시킨 '예술가' 고흐는 평생을 가난에 시달렸다. 만약 지금 거래되고 있는 작품 중 단 한 편만이라도 고흐 생전에 '제값'을 받고 팔렸다면 그는 훨씬 여유롭게 예술 활동을 펼쳤을지도 모르겠다. 최소한 쓸쓸하게 정신병원에서 죽어가지는 않았을 것이다.

　　지금도 세계의 많은 예술가들이 가난을 마치 무슨 '운명'처럼 거느리고 살아가고 있다. 그들은 자신들의 '예술'을 위하여 그러한 가난을 기꺼이 받아들인다. 현진건의 단편 소설 「빈처」는 '자신의 예술'을 위하여 가난을 기꺼이 감수하며 살아가는 한 소설가의 이야기를 그리고 있다. 그는 '보답 없는' 독서와 아직 아무도 알아주지 않는 소설을 쓰며 살아가고 있다. 물론 당연하게도 그는 전혀 생업에 관심을 두지 않는다. 생업에 관심을 두는 순간 예술가의 자존감이 상한다고 생각하는지도 모르겠다. 그는 오로지 '정신적인 것'만 추구하며 물질적인 것을 '더러운 것'으로 치부하는 듯하다. 그러나 인간은 정신만으로 살아가는 것은 아니다. 물질로 이루어진 인간은 물질적인 것 다시 말해 음식을 먹지 않는다면 살아갈 수가 없다. 「빈처」에서 그 음식을 마련하는 의무는 고스란히 그의 가난한 아내, 즉 '빈처(貧妻)'가 지고 있다.

　　이렇게 보면 「빈처」는 가난한 소설가 이야기가 아니다. 이 소설은, 가난한 소설가 더 정확히 말하자면 경제적 활동에 무능한 소설가를 남편으로 둔 '아내'에 대한 이야기이다. 가난한 소설가의 아내로서 실제로 살림을 책임지고 있지만 그녀라고 경제적

능력이 있을 리가 없다. 그녀는 친정집에 찾아가 '구걸' 하다시 피 돈을 얻어오거나, 아니면 끼니를 위하여 자신의 옷을 전당국 에 맡긴다. 이러한 경제적 활동이 그녀가 할 수 있는 최대한이 다. 그렇지만 이 소설가의 '빈처' 는 남편에게 이른바 '바가지' 를 긁지는 않는다. 왜냐하면 이러한 가난한 소설가가 '굶지 않 고' 혹은 다른 일에 신경 쓰지 않고 오로지 소설 쓰기에만 전념 하게 만드는 것이 "예술가의 아내" 가 해야 할 역할이라고 생각 하고 있기 때문이다.

「빈처」는 어쩌면 현진건의 자전적인 소설일 수도 있다. 물론 우리는 현진건의 부인이 「빈처」의 주인공이라고 단정할 수는 없 다. 그리고 이 소설에서 현진건은 "예술가의 아내" 의 모범을 만 들고자 했었을 수도 있다. 이렇게 보면 실제로 「빈처」의 모델이 소설가 현진건의 실제 부인이라기보다는, 현진건이 원하는 '부 인상' 을 만들어내고자 했다고 보는 것이 옳을 것이다. 하지만 아 내의 입장에서 보면 이것은 너무 가혹한 일이 아닐까? 소설가야 자신의 '작품' 을 위하여 '고생' 한다지만, 그 아내는? 한번 곰곰 이 생각해 봐야 필요가 있는 주제이다.

술 권하는 사회

　「술 권하는 사회」 또한 「빈처」처럼 '아내'가 등장한다. 다만 여기에서는 소설가의 아내가 아니라 대학을 졸업한 '지식인의 아내'이다. 그 '아내'는 남편이 중학생일 때 결혼을 하였다. 그리고는 얼마 후 중학을 졸업한 남편은 일본으로 건너가 '공부'를 했다. 다만 그것이 "제일 좋고 제일 귀한 무엇"이라고 생각할 뿐이다.

또한 공부가 "도깨비의 부자 방망이"라고도 생각한다. 그녀는 남편이 일본에서 '공부' 하고 있는 동안 "괴로웠으며 외로웠지만" 그가 그 '부자 방망이' 를 들고 올 날을 생각하며 모든 것을 감수하며 살아간다.

그러나 대학을 마치고 돌아온 남편은 '부자 방망이' 를 가지고 오지도 않았을 뿐더러 매일 술로 소일한다. 그는 그 '부자 방망이' 로 돈을 벌어오는 것이 아니라 오히려 "집안 돈을" 가져다 쓸 뿐이다. 당연하게도 남편에게 걸었던 아내의 기대는 무너질 수밖에 없다. 그리고 남편이 매일 자신의 수준에 맞는 '하이칼라' 여성과 술을 마시는 것이라고 짐작한다. 그러나 남편은 자신에게 술을 권하는 것은 '하이칼라' 여성이 아니라 '사회', '조선 사회' 라고 말한다. 문제는 그 아내가 '사회' 라는 말을 모른다는 것이다. 그 아내는 그 사회가 요릿집 이름이라고 생각해 버린다.

이 '사회(社會) 라는 말은 물론 한자어이다. 그러나 근대 문명이 일본에 도입되면서 그곳에서 만들어진 이른바 근대적인 '개념어' 이다. 따라서 구시대에 한자 혹은 한문 공부를 하여 지식이 있다고 해도 아내가 이 '사회' 라는 말에 대한 개념을 알 수는 없었을 것이다. 지금의 우리는 왜 일본 유학까지 갔다 온 그 남편이 매일 술을 마시고, '이 사회가, 이 조선 사회가 술을 권한다' 라고 하는지를 쉽게 이해할 수가 있다. 물론 이 소설이 씌어진 당시의 웬만한 지식인들도 충분히 '사회가 술을 권한다' 라는 말이 무엇을 의미하는지를 충분히 알 수 있었을 것이다. 당시 일본의 대학을 졸업할 정도라면 식민지 조선에서 몇 되지 않는 '인텔

리' 에 속하는 사람이었을 것이다. 따라서 소설 속의 아내가 생각했듯이 그가 한 '공부' 를 어떻게 '사용' 하느냐에 따라서 그것이 이른바 '도깨비 방망이' 가 될 수도 있었을 것이다. 당연하게도 그 지식이 '도깨비 방망이' 가 되기 위해서는 그것이 일본제국을 위해 사용되어야 했겠지만 말이다.

이렇게 본다면 이 소설 속의 남편은 나름의 민족적인 양심이 살아 있는 사람이라 할 수 있을 것이다. 지식에 대한 욕망이 당시의 조선인으로서는 드물게 대학공부를 하게 했지만, 민족을 배신하는 일이 아니라면 그 지식을 제대로 쓸 데가 없다는 이러한 상황은 그를 절망에 빠지게 할 수밖에 없었을 것이다. 더구나 자신과 가장 가깝다고 말할 수 있는 아내마저도 이 상황에 대해 전혀 이해를 해주지 못하지 않는가! 따라서 그는 아내를 뿌리치고 '술을 권하는' 그 '사회' 에게 터벅터벅 밤길을 걸어갈 수밖에 없었을 것이다. 물론 이 때의 밤길이 앞이 보이지 않는 조선 지식인의 절망적인 상황을 상징한다는 것은 말할 필요도 없을 것이다.

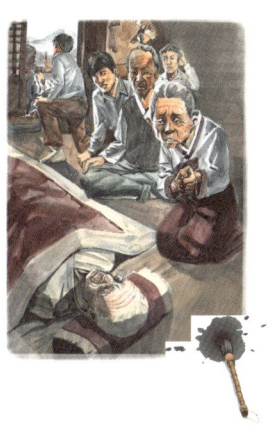

할머니의 죽음

이 세상에는 자기의 의지와 상관없이 받아들여야 하는 두 가지가 있다. 인간뿐만 아니라 '생명을 가진 자'라면 그것이 동물이건, 아니면 식물이건 피해갈 수 없는 두 가지이다. 그것은 바로 '태어나는 것과 죽는 것'이다. 이 세상에 자기의 의지로 태어나는 사람은 없다.

또한 마찬가지로 죽기 싫다 해서 죽음을 피해갈 수 있는 인간
도 없다. 따라서 고래로부터 이러한 태어남과 죽음은 인간의 가
장 절실한 관심사가 될 수밖에 없었다. 「할머니의 죽음」은 제목
이 암시하듯 태어남과 죽음 중에서 죽음에 대한 이야기이다.

서술자인 나의 할머니는 지금 여든두 살이 넘었다. '나'는 "조
모주 병환 위독"이라는 전보를 받고 생가(生家)로 내려간다. 생
가에는 이미 다른 친척들이 모여 있었고, 특히 "예안 이씨로, 예
절 알기와 효성 있기로 집안 중에 유명한 중모(仲母)"가 이제 임
종에 들 것으로 예상되는 할머니를 정성으로 모시고 있다. 그리
고 형수들과 형제들도 이 중모의 '명령'에 따라 할머니의 임종
준비에 최선을 다하고 있다. 그러나 이들에게 문제가 생기는데,
곧 오늘내일 하시던 할머니가 돌아가시지 않는 것이다. 할머니
의 임종을 맞기 위해 모인 '나'를 위시한 친척들이 하냥 없이 머
무를 수는 없다. 그래서 할머니가 언제 돌아가실까를 알아보기
위해 한의사를 부르지만, 한의사의 말과는 다르게 여전히 할머
니는 돌아가시지 않는다. 양의사는 할머니가 곧바로 돌아가시는
않을 것이라고 진단한다.

여기에 할머니는 '내'가 사다드린 약을 바르고서는 이제 자리
에 앉으시기까지 한다. 임종은커녕 회복이 되신 것이다. 따라서
친척들은 자신들의 생업에 종사하기 위하여 각자가 자기 집으로
돌아가고, 시간이 지난 어느 봄날이 되어서야 '나'는 할머니의
'진짜' 부고를 받게 된다.

이 소설은 할머니의 임종을 맞기 위해 모인 한 가족의 이야기

를 그리고 있다. 그러나 그 진행이 썩 유쾌하지만은 않다. 물론 할머니가 '예정' 대로 돌아가셨다면 우리를 불쾌하게 할 일은 일어나지 않았을 것이다. 그렇다면 그 불쾌감의 원인은 무엇인가? 그것은 바로 인간이 자신의 죽음이 아니라면 사실은 그다지 심각하게 받아들이지 않는다는 것이다. 생가에 모인 사람들의 면면을 한번 자세하게 살펴보자. 그들이 지금 진지하게 할머니의 죽음을 대하는 것은 어떤 '도덕적 의무감' 에서이다. 그러나 그것이 자신의 생업과 일상을 어긋나게 한다면 '귀찮은 일' 까지는 아니더라도 상당히 난감한 상황으로 할머니의 죽음을 인식하게 되는 것이다. 한의사와 그리고 양의사를 부르는 장면은 이러한 그들이 의식을 뚜렷하게 보여 준다.

마지막으로 농담 하나 하자. 「할머니의 죽음」과 관련하여 이 농담이 던져주는 의미를 한 번 곰곰이 생각해 보시기를.

서로를 사랑하는 연인이 있었다. 남자가 여자에게 말한다. "만약에 우리 둘 중에 하나가 죽게 된다면 나는 슬픔을 이기지 못할 것이야!"

고향

   우선 「고향」에 나오는 주인공의 행색을 살펴보자. 그는 "두루마기 격으로 기모노를 둘렀" 다. 그리고 옥양목 저고리를 입고, "아랫도리엔 중국식 바지를 입었다." 이 정도의 옷차림이라면 과히 '국제적' 이라고 할 수 있을 것이다. 그러나 이러한 '글로벌' 한 옷차림과 달리 기실 주인공은 고향을 잃고 여기저기 떠돌아다니는 "막벌이꾼" 이다.

그가 구사하는 일본어와 중국어라는 것도 여기 저기 떠돌다가 자연스럽게 익힌 '토막말'일 뿐이다.

조선이 일본의 식민지가 되기 전에는, 소작이지만 그나마 역둔토를 붙였기 때문에 살림살이가 팍팍하지만은 않은 대구 근방의 땅에서 그는 태어났다. 그러나 조선이 일제의 식민지가 되고 역둔토가 동양척식주식회사의 소유가 되면서 그의 집을 포함한 고향 사람들의 살림은 "죽겠다, 못 살겠다"라는 소리가 절로 나올 정도로 어려워졌다. 그의 집은 어쩔 수 없이 간도로 이사를 갈 수밖에 없었다. 그러나 가난한 사람들에게 간도 역시 '천국'이 될 리가 없었다. 그는 이 간도에서 부모를 잃고 '동양 삼국'을 떠도는 '막벌이꾼'이 될 수밖에 없었다.

그리고 이번에 찾은 고향은 '폐촌'이 되어 있었다. 사람이 살지 못하는 마을로 변해 버린 것이다. 약 40여 호나 되었던 그 집들은 다 어디로 갔을까? 독자는 이러한 질문을 던지지 않을 수가 없다. 그러나 일제 시대의 상황을 조금이나마 관심을 가진 독자라면 그 이유를 어렵지 않게 알 수가 있다. 그들 또한 주인공처럼 삶의 터전을 잃고 '남부여대(男負女戴)'하여 만주로 떠나거나, 혹은 떠돌이 신세로 전락한 것이다.

비극은 여기에서 그치지 않는다. 그는 마을이 어려워지면서, 자신과 혼담이 오고가던 처녀를 떠나보내야 했다. 처녀의 아버지가 어려운 살림살이 때문에 자신의 딸을 유곽에 '팔아' 버린 것이다. 이번에 본 그녀는 아직 서른 살이 되기도 전에 몸에는 병이 들고 '폭삭' 늙어버린 모습을 하고 있었다. 만약에 마을 사람들이 예전처럼 지금도 역둔토를 부쳐 먹고 있는 상태였다면 아마도 그는 그녀와 결혼을 했을 것이고, 어느 정도는 행복하게 살아가고 있었을 것이다. 그러나 그는 이제 부모도 잃고, 사랑하는 여자도 잃고, 최종적으로는 고향마저 잃어버리고 여기저기 떠돌아다니며 '막벌이'로 먹고 살아야 하는 신세가 되어 버렸다.

현진건이 「고향」을 통해 독자와 소통하고자 한 것은 바로 모든 것을 잃어버린, 주인공으로, 혹은 주인공이 사랑했던 처녀로, 혹은 고향을 버리고 떠돌이가 될 수밖에 없었던 마을 사람들로 상징되는 조선인들의 비극적인 삶이었을 것이다.

불

「불」은 열다섯 나이에 '시집'을 간 순이의 비극을 그리고 있다. 요즈음이라면 이 나이의 순이는 무엇을 하고 있을까? 아마도 부모의 보호를 받으며 중학교에 다니고 있을 것이다. 그러나 「불」의 주인공 순이는 지금의 그러한 열다섯 나이의 여학생이라면 도저히 감당해 내지 못할 일상을 살아가고 있다. 순이의 일상을 한번 정리해 보자.

우선 순이는 신새벽에 "안 일어났니! 어서 쇠죽을 끓여야지"라는 시어머니의 외침 소리를 듣고 일어난다. 그리고는 곧바로 쇠죽을 끓이고, 아침 지을 물을 길러야 한다. 아침밥을 지어야 하고, 식사 후에는 보리를 찧어야 한다. 보리를 다 찧으면 이제 들밥을 내가야 한다. 한시도 쉴 수 없는 '노동'의 연속이다. 시냇가에서 송사리를 잡는 아직 '어린' 소녀에 불과한 순이에게 이러한 노동은 무리일 수밖에 없다. 그러나 사실 순이에게 이러한 노동은 '감당' 할만한 것이다. 순이에게 "죽기보다 싫은" 것은 밤마다 "원수의 방"에 들어가야 하는 것이다.

그렇다면 "원수의 방"이란 무엇인가? 그곳은 순이의 신혼방이다. 신혼방이라면 젊은 부부의 사랑과 성이 어우러지는 '재미난' 곳이 되어야 한다. 물론 순이의 남편에게는 그 방이 '재미난' 곳일 것이다. 그러나 순이에게는 전혀 그렇지가 않다. 순이는 이제 열다섯 살, 남편의 성을 받아들일 수 없는 아직 어린 나이의, 좀 더 정확히 말하자면 아직 사춘기도 채 지나지 않은 순이에게 남편의 성행위는 '원수의 짓'일 수밖에 없다.

그녀가 이 원수 같은 방에서 벗어날 수 있는 유일한 방법은? 순이는 그 방만 없어지면 매일 반복되는 그 '밤의 고통'에서 벗어날 수 있으리라는 생각에 불을 지른다. 소설은 여기에서 끝난다. 그러나 독자들이 이 소설을 다 읽고서도 무언가 마음이 편치 않은 것은 이 이후, 즉 소설에 나오지는 않지만 불을 지른 이후의 상황이 너무 '뻔하게' 상상되기 때문이다. 순이는 어떻게 되었을까? 한번 상상해 보시기를.

현진건 연보 (玄鎭健)

- 호는 빙허(憑虛)
- 1900년 음력 8월 9일 대구에서 대한제국 대구우체국장인 아버지 현경운(玄炅運), 어머니 이정효(李貞孝)의 4형제 중 막내로 출생.
- 1905년 한학(漢學) 수학.
- 1908년 아버지 현경운이 설립한 대구노동학교에서 신학문을 배움.
- 1910년 어머니 이정효 사망.
- 1915년 15세에 향리의 부호인 이길우의 딸 이순득과 결혼하여 처가에서 신혼생활을 하면서 보성고보에 입학.
- 1916년 보성고보를 자퇴함. 동경 세이소쿠[正則] 예비 학교 입학.
- 1917년 귀국하여 내구에서 이싱화, 백기만, 이상백 듣가 동인지 《거화(炬火)》 발간에 참여하다가 다시 동경 세이조[成城] 중학교 편입.
- 1918년 중국 상하이로 건너가 후장[沪江]대학 독일어 전문부 입학.
- 1919년 재학중 다시 귀국하여 육군 영관을 지낸 당숙 현보운(玄普運)에게 입양되어 아내와 함께 상경함. 장녀 경숙(卿淑) 태어났으나 곧 사망함.

- 1920년 당숙 현희운(玄僖運)의 소개로 《개벽》 11월호에 처녀작 〈희생화〉를 발표함. 번역소설 〈행복〉〈석죽화〉를 《개벽》에 발표.
- 1921년 단편 〈빈처〉(《개벽》 1월호), 〈술 권하는 사회〉(《개벽》 11월호)를 발표함. 박종화, 홍사용, 나도향 등과 함께 〈백조〉 동인에 참가함. 조선일보사에 입사함. 차녀 애경 사망함.
- 1922년 《백조》 창간. 〈타락자〉(《개벽》 1~4월호), 〈유린〉(《백조》 2호), 〈피아노〉(《개벽》 11월호) 발표. 첫 단편집 《타락자》(조선도서주식회사)를 발간함.
- 1923년 중편 〈지새는 안개〉(《개벽》 2~10월호), 〈할머니의 죽음〉(《백조》 3호), 〈우편국에서〉(《동아일보》 1923.1.1) 발표. 최남선 주재의 《동명(東明)》 편집인으로 참여함.
- 1924년 〈까막잡기〉(《개벽》 1월호), 〈그리운 흘긴 눈〉(《폐허이후》 2월호), 〈발〉(《시대일보》 1924.4.2~5), 〈운수 좋은 날〉(《개벽》 6월호) 발표. 수필 〈문단인상호기〉(《개벽》 2월호), 번안소설 《악마와 같이》(박문서관) 발간.
- 1925년 〈불〉(《개벽》 1월호), 〈B사감과 러브레터〉(《조선문단》 2월호), 〈새빨간 웃음〉(《개벽》 11월호) 발표. 중편 《지새는 안개》(박문서관), 《첫날밤》(박문서관) 간행. 동아일보사 입사. 삼녀 화수(和壽) 출생.
- 1926년 단편 〈사립정신병원장〉(《개벽》 1월호), 평론 〈조선혼과 현대정신의 파악〉(《개벽》 11월호), 수필 〈무명 영웅〉(《조선문단》 2월호), 단편집 〈조선의 얼굴〉(글벗집) 간행함.
- 1927년 중편 〈해 뜨는 지평선〉(《조선문단》 1~3월호)을 연재 발표함.
- 1928년 수필 〈여름과 맨발〉(《별건곤》 7월호)을 발표함. 동아일보사 사회부장이 됨.

- 1929년 단편 〈신문지와 철창〉(《문예공론》 7월호), 〈정조와 약가〉(《신소설》 12월호), 시평 〈같잖은 소설로 문제〉(《별건 곤》 2월호), 수필 〈내가 좋아하는 여자〉(《별건곤》 2월호), 〈뜻 깊은 모임〉(《신생》 11월호), 〈크리스마스 트리〉(《신생》 12월호), 기행문 〈고도 순례 ― 경주편〉(동아일보) 등을 발표.
- 1930년 장편 〈웃는 포사(褒姒)〉(《신소설》 5호, 9월), 〈해방〉(12월호)를 4회 연재 중 중단함. 수필 〈창의문 외에서〉(《신소설》 5호), 〈첫 기고의 회상〉(《별건곤》 7월호) 등을 발표함.
- 1931년 단편 〈서투른 도적〉(《삼천리》 10월호), 〈연애의 청산〉(《신동아》 11월호), 수필 〈태백산하 단군한배님〉(《삼천리》 4월호), 〈내 소설과 모델〉(《삼천리》 10월호) 등을 발표함.
- 1932년 형 정건 출옥 후 사망함. 기행문 〈단군성적순례〉(동아일보 7.29~11.9)를 연재함.
- 1933년 장편소설 〈적도〉를 동아일보에 연재함.
- 1935년 수필 〈거리에서 만난 여자〉(《조선문단》 4월호), 〈금강산 정도〉(《신가정》 10월호) 를 발표함.
- 1936년 동아일보 사회부 재직시 손기정 선수가 베를린 올림픽에서 마라톤에 우승하자 일본의 일장기를 말살하고 보도한 사건으로 구속 기소, 1년 실형 선고를 받고 복역힘.
- 1937년 출옥 후 동아일보 사직함. 관훈동에서 부암동으로 이사한 후 양계로 생계를 삼음.
- 1938년 장편 〈무영탑〉을 동아일보에 1938년 7월부터 1939년 2월까지 연재.
- 1939년 역사소설 〈흑지상지〉를 동아일보에 1938. 10월 ~1940. 1월 연재. 장편소설 《적도》(박문서관) 간행. 《무영탑》(박문서관) 간행.

- 1940년 역사소설 〈흑지상지〉 강제 중단. 평문 〈역사소설 문제〉(《문장》11월호) 발표. 〈조선의 얼굴〉 금서 처분. 양계업과 미두(米豆) 실패로 파산하여 신설동으로 이사함.
- 1941년 역사소설 〈선화공주〉(《춘추》 4~9월호)를 연재하다 미완으로 중단함. 단편집 《현진건 단편선》(박문서관) 간행.
- 1942년 신설동에서 동대문구 제기동으로 이사함.
- 1943년 무남독녀 화수가 월탄 박종화의 장남 박돈수와 결혼함. 그해 4월 25일 장결핵으로 사망함.
- 1944년 아버지 현경운과 부인 이순득이 사망함.
- 1948년 기행문집 《단군성적순례》(예문각)가 발간됨.
- 1996년 대구문인협회에서 《빙허 현진건 소설선집》(대일)을 발간하고, 대구 두류공원 예술의 동산에 문학 기념비 건립.